KB007053

길을 걷다 문득 떠오른 것들

도보여행가 신정일이 길에서 배운 삶의 자세

길을 걷다 문득 떠오른 것들

신정일 지음

상상출판

작가의 말

항상 꿈을 꾸게나, 꿈은 공짜라네!

몇 년 전, 한국콘텐츠진흥원에서 강의 요청이 왔다. 부여에서 개최하는 전국 행사에 주제 발표를 해달라는 것이었다. 부여에 도착한 뒤 티타임에서 여러 사람을 만났다. 그중 대한민국에서 이름난 문화 콘텐츠를 개발한 분도 있었다. 나는 전국 각 지역에서 온 300여 명의 청중 앞에서 강연을 시작하기 전에, 강연장 맨 앞줄에 앉은 콘텐츠진흥원장에게 물었다.

"원장님, 2×2는 얼마죠?"

"4입니다."

"선생님(문화 콘텐츠 개발자), 2×2는 얼마죠?"

"저도 4로 알고 있습니다."

내가 듣고자 했던 답은 그게 아니었다. 그들은 새로운 문화를 총괄적으로 지휘하는 분이자 콘텐츠를 개발한 창조자이기 때문에 다른 대답이 나올 줄 알았다.

"과연 그럴까요?"

나는 김수영 시인이 쓴 산문 「'불온성'에 대한 비과학적인 억측」의 한 구절을 들려줬다.

"모든 살아 있는 문화는 본질적으로 불온不穩한 것이다. 그것은 두말할 것도 없이 문화의 본질이 꿈을 추구하는 것이고, 불가능을 추구하는 것이기 때문이다."

김수영 시인은 불온성이야말로 예술과 문화의 원동력이 되는 것이고, 인류의 문화사와 예술사가 바로 이 불온의 역사 속에서 이루어졌다고 본 것이다. 김수영 시인뿐만 아니라 도스토옙스키의 『지하생활자의 수기』에도 비슷한 글이 실려 있다.

"하나님, 자연법칙이나 산술법칙이 내게 무슨 중요성이 있다는 말입니까? 무슨 이유에서건 자연의 법칙들이나 둘 곱하기 둘은 넷이라는 산술법칙을 나는 인정할 수가 없습니다. 물론 나는 이 벽을 내 이마로 깨부수지는 못합니다. 그렇지만 나는 이 벽이 단단한 돌벽이라고 해서, 그리고 내게 그 벽을 깨부술 수 없다고 해서 결코 포기하지는 않겠습니다. (…) 모든 일들이 도표들과 수학에 따라 진행되고 2×2는 4라는 것만이 주위에 있을 때, 인간 자신의 의지라는 것은 대체 어떤 종류의 의지가 되겠습니까? (…) 2×2는 4 이런 공식은 더 이상 삶이 아닙니다. 차라리 이것은 죽음의 시작입니다.”

나는 두 사람의 예를 들고서 다음과 같이 말했다. 소설의 주인공이 말했던 것처럼 수학에서 2×2가 4만 되는 것이 아니고, 6도 되고 8도 되고, 아니면 백도 되고, 천도 될 수 있는데 꼭 4만 되어야 한다는 사실을 왜 의심하지 않는 것일까. 삶 자체가 무한한 가능성인데, 가능성을 한정하고 살아가는 상황에서 과연 새로운 창조물이 만들어질 수 있을까?

새로운 문화 창조는 지금의 것에 만족하지 않고, 어딘가에 있을 그 무엇, 어쩌면 있는지 없는지조차 모르는 신기루 같은 ‘무엇’에 대해 ‘물음표’ 즉 의문을 제기하는 것에서부터 비롯되는 것이다.

“창조란 불행한 것들 사이로 자신의 길을 금 그어 나가는 것이다.” 프랑스 철학자인 질 들뢰즈의 말이다. 창조한다는 것은 어쩌면 가서는 돌아오지 못할, 죽을지도 모르는 그런 낯선 곳이나 위험 속으로 들어가야 실체를 마주할 수 있다.

남이 먼저 간 길을 따라가면 1등이 아니고 2등이다. 창조가 아니라는 것이다. 그래서 나는 항상 불온함을 꿈꾸고, 그런 꿈을 꾸는 사람들을 좋아한다. 밀폐된 공간 속에서는 상상조차 할 수 없는 꿈의 씨앗을 만날 수 있는 곳이 바로 '길'이기 때문이다.

문화의 본질은 불온한 것이다. '종은 상전보다 높지 못하다'는 말이나 '제자는 스승보다 높지 못하다'라는 말은 달리 말하면 과학의 진보나 흔히 말하는 청출어람을 부정하는 것이나 다름없다. 현실에 안주하지 않고 새로운 것을 향해서 움직여야 새로운 문화를 만들어 낼 수 있다.

너무 이른 나이, 초등학교 2학년 때 작가가 되겠다는 꿈을 꿨다. 그것도 진안군 백운면이라는 궁벽한 산골의 가난한 집에서. 꿈을 포기하지 않고 추구하다 보니 꿈을 이뤘다. 하지만 이루고 남은 것은 쓸쓸함이었다. 쓸쓸함에서 벗어나고 싶은 열망과 또 다른 꿈을 꾸기 위해 걷고 또 걷는 것인지도 모른다.

이제 새로운 꿈을 꾸는 것보다 벌여놓은 일들을 잘 수습해야 한다는 걸 잘 안다. 하지만 나는 살아 있는 날까지 불가능하다고 할지라도 꿈을 꾸기 위해 길을 걸을 것이고, 길을 걷다가 생을 마감하리라 마음먹었다.

차례

2장 · 모든 것이 행복이다

1장

세월은 가고

추억만 남는다

추억은 은은하게 멀어져 가는 북소리처럼
내 가슴에 파문을 던진다

운명이 문을 두드릴 때가 있다

가만히 앉아서 누군가를 기다리는 것도, 문을 열고 행여 오시나 하고 기다리는 것도, 벽을 두드리고 악을 바락바락 쓰면서 '어서 오라' 부르짖는 것도 역시 운명일 것이다. 굳게 닫힌 내 영혼의 문을 두드리며 거역할 수 없는 운명이 찾아온 것은 초등학교 5학넌 어느 가을날이었다.

조금은 서늘한 교실 한편에서 창밖에 지는 나뭇잎을 바라보며 우두커니 서있는 나를 선생님이 불렀다.

"너 이번에 글짓기 대회에 나가야겠다. 아무개가 아파서 못 나간다는구나."

그 무렵 나는 어느 한 가지도 자신이 없었다. 중학교를 갈 형편이 안돼서 항상 풀죽어 있었기 때문에 선생님의 말에 뭐라 변명도 못하고 선생님을 따라 글짓기 대회에 나갔다.

아스라한 기억의 파편들을 모아보면 대회 당일 떨어지는 노란 은행잎을 보며 글을 썼던 것 같다. 그리고 대회에 나간 것을 까마득히 잊고 있던 어느 날이었다. 선생님이 나를 다시 불렀다. '무슨 일일까?' 하고 교무실로 갔더니 만면에 웃음을 띤 선생님이 내게 기쁜 소식을 전해줬다.

"네가 이번 글짓기 대회에서 일 등을 했다는구나. 너는 글 쓰는 작가가 되면 좋겠다."

그랬다. 내 운명은 선생님의 권유 한마디에 결정되어 버렸다.

'나는 글 쓰는 작가로 살 것이다!'

전교생이 모인 가운데 상장을 받고 집으로 갔다. 어머니는 행상을 나가 돌아오지 않았고, 아버지는 벌건 대낮인데도 술에 취해 잠들어 계셨다. 어린 동생만이 나를 맞았다. 아버지 곁에 넘어진 채 뒹굴고 있던 소주병과 먹다 만 김치 그릇이 유난히 눈에 들어왔다.

책보를 벗어놓고 냇가로 갔다. 흐르는 냇물 소리가 나를 향해 노래를 불러주는 것 같았다. 가을 햇빛을 받아 반짝이던 미루나무의 나뭇잎들이 나를 향해 춤을 추는 것 같았다. 그러나 가족에게는 보여주지 못한 아무도 알 수 없는 상장, 태어나 처음 받아본 상장은 그렇게 책갈피 속에서 고이 잠들고만 있었다.

나이가 들수록 사람들은 운명론자가 된다고 한다. "우리가 생각하는 것, 말하는 것, 행동하는 것들은 모두 '운명'에 의한 것이며, 우리는 다만 '운명'이 발행한 어음의 권리를 양도 받은 것에 지나지 않는다."라고 말한 그리스의 희곡작가인 메난드로스의 말을 되새기다 보면 글은 내 운명이었고, 그 운명을 받아들이며 산 것 또한 운명이었다. 내 앞길에 어떤 운명이 기다리고 있는가. 그 또한 모를 일이고 운명에 순응하며 살지도 알 수 없는 운명이다.

그다음 날, 날이 밝자마자 상장을 아버지에게 내밀었다.

"잘했다. 우리 큰아들."

아버지가 난생처음으로 나를 칭찬했다. 아버지는 정성스레 밀가루로 풀을 쑤어 상장이 절대 떨어지지 않게 벽에 붙였다. 그리고 집에 자주 오시는 친구들에게 아들 자랑을 늘어놓으셨다. "우리 큰애가 큰 상을 받았디야." "허허, 잘했네. 한 번 읽어봐." 아버지의 친구 중 글을 읽을 수 있는 분은 몇 분 안 계셨다. 면사무소나 관공서에 근무하는 사람들 빼곤 글을 접할 수 없었기 때문이다. 아버지는 큰아들이 상을 받은 것도 대견하지만 당신이 글을 읽을 수 있다는 자부심까지 더해져 큰 목소리로 방 안이 떠나가게 읽었다.

학교라는 울타리에서 내 생애 처음이자 마지막으로 받았던 상장은 지금도 내 기억 속에 남아 있다. 흐릿하게 바래져 갔던 상장과 함께 상장을 읽던 아버지의 목소리가 문득 생각나는 저녁. 헤르만 헤세의 말이 떠오른다.

"고통을 자랑스러워해야 한다. 모든 고통은 우리의 고귀함에 대한 기억이다."

그때의 기억들이 아름답지도 않고, 그렇다고 슬프지도 않은데, 왜 고통의 시간으로 떠오르는지 모르겠다. 작가에 대한 꿈은 그때 그 상장 하나로 움직일 수 없는 태산 같은 명제로 굳어졌고, 나의 방랑은 그때부터 예정되어 있었다.

논어 병풍에 한서 이불이라

산촌의 겨울은 몹시 추웠다. 초가집마다 고드름이 주렁주렁 매달렸고, 아침에 일어나면 마른 동태처럼 걸레가 얼어 있었다. 저녁 내내 춥다는 생각만으로 잠을 설치고, 일어나면 입안에서 더운 김이 모락모락 피어나던 겨울. 겨울의 추위는 옛사람들이나 그 당시 우리나 별반 다르지 않았다.

> 일찍이 글을 읽을 때 밤이면 추워서 잠을 이루지 못하므로, 『논어論語』 1질은 바람이 들어오는 곳에 쌓아놓고, 『한서漢書』를 나란히 잇대어 이불로 덮으니, 친구들이 조롱하기를 “누가 형암炯菴을 가난하다 하랴. 논어 병풍과 한서 이불이 비단 장막과 비취 이불을 당할 수 있다.”라고 하였다.

이덕무의 『청장관전서靑莊館全書』 중 『아정유고雅亭遺稿』 제8권 부록에 실린 글이다. 불과 몇십 년 전만 해도 대개 초가집이었고,

아궁이에 불을 때서 방한 문제를 해결했다. 저녁밥 짓는 몇 시간 동안 달구어진 온돌 때문에 방이 따뜻하다 못해 뜨거웠다. 밤이 깊을수록 온돌이 점점 식어 새벽이 되면 오히려 사람들의 체온 덕을 보는 것이 우리네 방 구조였다. 이불도 그리 많지 않았던 시절엔 그런 초가에서 겨울을 나는 것이 쉽지 않았다. 우리 집 역시 단칸방에 여섯 식구가 살았는데 반듯하게 여섯 명이 누울 공간은 못 되고, 옆으로 누워서 칼잠을 자지 않으면 비좁은 공간이었다.

불을 끄라는 성화도 못 들은 채 호롱불을 켜놓고 책을 읽다가 허황한 꿈을 꾸곤 했다. 아직 읽지도 않은 책을 베고 하룻밤 잠을 자고 나면 책 내용이 머릿속으로 송두리째 들어와서 다시는 나가지 말았으면 하는 가당치도 않은 꿈이었다. 그런 날이면 바람은 더 매섭게 불어 문풍지를 때리고, 엷은 흙벽을 뚫고 들어온 엄동설한의 칼바람이 나를 향해 막 달려드는 듯했다. 당시 따뜻한 이불이 되어주었던 책들은 지금도 내 서재에서 함께 밤을 지새운다.

태어나서 가장 배고팠고 길었던 그 밤의 기억들

라면을 맨 처음 본 것은 초등학교 3학년 무렵이던가. 김포의 해병대에서 근무하던 삼촌이 휴가를 나오면서 가지고 온 것이었다. 그게 무엇인지도 모르고 겉표지만 봤는데, 어떤 용도인지는 그날 저녁잠을 자던 중에 알았다.

일찍 저녁을 먹고 잠을 잤기 때문에 배가 고파 잠에서 깨 가만히 누워 있는데, 할머니의 목소리가 들렸다. "애야, 네가 끓여오라는 것 끓여왔다." 말소리가 조심스러운 것은 내가 깨어나는 것을 원치 않는 것이리라. 그런 상황을 눈치로 알고 있는 나는 가만히 누워 삼촌이 라면을 먹는 모습과 한 번도 맛본 적이 없는 라면을 냄새만으로 맛을 눈 감고 상상할 뿐이었다.

배가 고픈데 조금이라도 나눠달라고 할 수 없고, 가만히 누워서 뒤치지도 못하고 숨소리도 크게 내지 못한 채 가만히 있던 시간. 삼촌은 나직하게 할머니와 이야기를 나누면서 라면을 먹고 있었다. 이윽고 할머니도 삼촌도 라면 먹던 시간이 끝나고 호롱불을 끄고 누워 잠이 들었다.

나는 그때부터 잠들지 못했다. 거의 뜬 눈으로 배가 고프다는 생각만 곱씹으며 보내다 보니 아침이었다. 태어나서 가장 배고팠고 길었던 그 밤의 기억. 지금 생각해보면 할머니에게는 대를 이을 장손보다 막내아들이 더 소중했고, 그만큼 그 당시를 살아가는 것이 힘들었던 탓이리라. 그래도 서운한 마음이 아직도 남아 있다.

라면에 대한 추억이 한 가지 더 있다. 군대 첫 휴가를 나오니 초등학교에 다니는 여동생이 "오빠 내가 라면 끓여줄까?" 하는 것이었다. "그래라." 하고 방에서 책을 읽고 있는데, 시간이 오래되었는데도 감감소식이었다. 부엌에 나가 보니 동생이 불을 때고 있었다. "잘 끓이고 있니?" 하고 솥뚜껑을 열어 보니, 이렇게 황당할 수가! 그 큰 검정 솥에 물이 가득 담겨 있고, 물은 끓을 기척도 않는데, 라면이 동동 떠 있는 것이었다. 한 번도 라면을 끓여보지 않았던 동생이 큰오빠에게 대접하고 싶은 마음이 그런 촌극을 빚은 것이었다. 가끔 라면을 먹다가 할머니의 얼굴과 함께 동생의 얼굴이 겹쳐 떠오를 때가 있다.

산초나무의 알싸한 추억

어린 날의 추억에 할머니가 많다. 그중 하나는 가을이면 나를 데리고 산초山椒를 따러 가는 기억이다. 요즘에는 절이나 산야초 전문 음식점에서도 어린 산초 열매로 장조림을 하기도 하고, 어떤 지역에서는 산초를 추어탕에도 넣어 먹지만, 그 당시 용도는 달랐다.

산초나무는 깊은 산에 들어가지 않아도 길가 어느 곳에서나 자라는 나무였다. 나무 줄기에 가시가 촘촘히 박혀 있어 산초를 따다가 가시에 찔리기 일쑤였다. 조그만 손가락에서 피가 솟아오르면 할머니는 당신의 입에 손가락을 넣어 피를 빨아주고, 쑥을 저며 붙여줬다.

"우리 큰손주, 산초는 항상 조심해서 따야 한단다."

"할머니, 왜 산초를 따요?"

"산초 기름을 짜기 위해서 따지."

4, 5월에 꽃이 핀 뒤, 10월에 맺는 산초 열매는 특유한 향기와 신미辛味가 있다. 봄에는 어린잎을 따다 먹지만 할머니는 주로 열매를 사용했다. 9, 10월에 붉은색으로 변한 산초를 따다가 멍석에 널어놓으면 까맣게 윤기가 나는 씨만 남는다. 눈이 시리도록 까만 산초 씨를 모은 뒤 할머니는 늦가을에 기름을 짜러 갔다. 말 그대로 산초 기름이다.

산초 기름은 참깨로 짜는 참기름이나 들깨로 짜는 들기름과는 전혀 다른 향이 나서 할머니가 산초 기름을 넣어 비벼준 밥은 도저히 먹을 수가 없었다. 할머니는 "애야, 이렇게 맛있는데 안 먹는구나." 하고서 혼자 비빔밥을 드셨다. 그 이후로 산초나무에 매달린 열매만 봐도 할머니의 갸름한 얼굴과 산초 기름을 담은 오래된 병이 교차되면서 나타날 때가 많다.

로맹 롤랑은 『장 크리스토프』에서 "행복이란 영혼의 향기이며 노래하는 마음의 조화이다. 그리고 영혼의 음악 중에서 가장 아름다운 것은 자애다."라고 말한다. 그 시절이 나에겐 그 때였는지도 모른다. 나에게 한없이 자애롭고 인자해서 큰 산과 같았던 할머니가 곁에 있었고, 온갖 자연이 유일한 친구였던 때. 당시 생각이 나는 시간만큼은 어린 시절부터 마음속 깊이 내재되어 있던 슬픔과 외로움에서 잠시 벗어날 수 있다.

사람은 저마다 다른 꽃이다. 그래서 각자 다른 형상을 가지고, 다른 향기를 발산하며, 비와 바람, 그리고 햇살과 이슬을 받으며 오랜 시간을 보낸 뒤에 열매로 승화한다. 하지만 영원한 것 없이 결국 다 사라지는 것이 자연의 질서다. 자연의 섭리대로 아름다움을 보여주는 시기 또한 그리 길지 않다.

유년 시절을 스쳐 간 기억들은 죽는 날까지 온몸에 체화되어 있다가 가끔씩 떠올라 가슴 속에 아련한 향수를 일깨운다. "반쯤 살았을 때에야 유년기의 추억이 되살아난다."라고 말한 작가 제라르 드 네르발의 말이 와닿았다.

지금쯤이면 모든 것을 내려놓고 아무 생각 없이 떠돌면서 관조할 때가 되어야 하는데, 나는 지금도 옛날의 추억에서 벗어나지 못하고 그 언저리를 헤매고 있다.

맨드라미 전을 잘 만들었던 우리 할머니

답사를 다니기 전에는 달력으로 계절의 변화를 느낄 때가 많았다. 그러나 오랫동안 답사를 다녀보니 여러 가지로 계절의 변화를 실감한다. 매화꽃과 산수유꽃이 흐드러지면 봄이고, 온 산천에 찔레꽃이 피어 코끝을 간질이면 5월이다. 수박이며 참외가 지천으로 널리면 여름이고, 밤과 감이 익으면 가을이다.

가을이 깊으면 눈이 더 바쁘다. 기다리던 맨드라미꽃을 찾아다니기 때문이다. 마치 닭의 볏같이 빨간 맨드라미꽃이 보이면 '어릴 적에 할머니가 전으로 부쳐주던 그 재래종 맨드라미가 아닐까?' 하고 눈이 커진다.

할머니는 봄이면 맨드라미 씨를 장독대 옆에 뿌렸다. 며칠이 지나면 작은 새순이 올라왔고, 하루가 다르게 자라서 장독대에 장식물처럼 서있었다. 특히 가을이면 잎이 푸른색과 빨간색이 가미된 설명할 수 없는 아름다운 색깔로 물들었다.

해마다 추석 무렵이면 할머니는 그 잎을 따다가 전을 부쳐 주셨다. “큰 손주 어서 먹어라.” 하고 건네던 맨드라미 화전. 얼마나 아름다우면 입에 넣기 아까웠겠는가. 입에 넣으면 고소한 맨드라미 특유의 향기, 들깻잎과는 전혀 다른 향기가 퍼졌다. 어릴 적 봤던 맨드라미꽃은 어디서도 찾을 수 없어 추억에만 남아 있을 뿐이다.

길을 걷다가 화들짝 놀랄 때가 있다. 마치 첫사랑의 소녀를 본 것처럼 ‘혹시?’ 하고 자세히 보면 내가 봤던 그 맨드라미가 아니다. 전을 부치면 잘 그린 그림 같으면서도 맛이 있던 맨드라미는 어디로 사라졌을까?

괴테가 『시와 진실』 제2부 제6장에서 한 말이 가슴 아리게 다가올 때가 있다.

아무리 보잘것없는 잡초나 꽃도 그리운 일기의 한 조각으로 남는다. 그것은 행복했던 순간의 기억을 추억하게 하는 하나의 의미이기 때문이다. 그래서 나는 여러 가지 추억거리들을 무가치하다며 버릴 수가 없다. 이것들은 나를 그 시절로 데려다주기 때문이다. 옛일을 회상하면 슬퍼지기도 하지만, 추억이란 사람을 행복하게 만들어준다.

그런 의미에서 추억은 나의 생애에서 크나큰 고통이기도 하지만 축복인지도 모르겠다. 철학자 앙리 베르그손은 그의 저서인 『창조적 진화』에서 흘러가는 시간을 두고 "가장 호사스런 추억들은 기껏해야 살짝 열린 문틈으로 몰래 들어온다."라고 회고했다. 내 영혼 깊숙히 각인된 추억은 매년 가을이 오기 전부터 가을이 가기까지 기다리게 하고 설레게 하면서 깊어만 갔다. 눈물처럼 짭짜름한 그리움 같은 추억 속의 맨드라미는 어딘가에서 나를 기다리며 피고 있을 것이다.

덕태산 자락 골짜기에서 가재 잡기

성격이 내성적인 데다가 친구들로부터 놀림을 받거나 따돌림을 받다 보니 초등학교 2학년 때부터 자연스레 혼자 있는 시간이 많았다. 그런 나날 속에서 혼자 노는 방법을 터득했는데, 내가 자연으로 들어가 자연이 되는 놀이였다. 그런 나를 잘 알고 있는 할머니가 학교를 가기 위해 책보를 등에 메는 나에게 다음과 같이 말했다.

"오늘은 내가 가는골에서 밭매고 있을 것이니 살강에 얹어 놓은 밥 먹고 가는골로 오거라."

나는 학교에 가면서도 공부에는 관심이 없고 오늘 가는골에서 얼마나 많은 가재를 잡을 것인가에만 정신이 팔려 있었다. 학교가 파하기 무섭게 혼자서 집에 갔다. 친구들이 해찰이나 장난하면서 5리를 걸어서 집에 오는 것과는 달리, 빨리 집에 돌아가 살강에서 나를 기다리던 서늘한 보리밥을 찬물에 말아 게 눈 감추듯 먹어치우고 가는골로 향했다.

내 고향 백운의 진산이라고 할 덕태산의 가슴 무렵에서부터 조금씩 흘러내린 시냇물이 조금씩 모아지고 어디쯤에서 둠벙(웅덩이)이 되는 그 경이를 가는골에서 보곤 했다. "할머니~" 하고 부르면 뙤약볕에서 밭을 매고 계시던, 작아서 잘 보이지도 않던 할머니가 "밥은 먹고 왔냐?" 하고 소리쳤다. 하지만 할머니 말은 내게 들리지 않는다. 흐르는 시냇물 소리를 들으며 올라가는 길섶엔 얼마나 많은 사물들과 사건들이 내 눈을 번쩍번쩍 뜨이게 하는지. 찔레나무 우거진 숲을 들여다보면 늦게 올라온 찔레의 새순이 윤기가 번질번질하고 통통하게 살찐 채 기다리고 있었다. 몇 개를 꺾어 껍질을 벗겨 먹으면 입안을 감도는 그 감미로운 맛, 그 맛을 무엇이라고 표현하랴.

흐르는 물소리가 잦아들 무렵 발길을 멈추고 가장 자신 있는 '가재 사냥'을 시작한다. 먼저 엎드려 찬물을 마신다. 뱃속으로 들어가기도 전에 온몸이 오싹해질 정도로 차갑다. 물속에 손을 한참을 담근 다음 가재가 있음직한 돌멩이를 가만히 들어 본다. 있다! 가재가 자기 집이 백일하에 드러난 줄도 모르고 가만히 웅크리고 있다. 순식간에 가재의 몸통을 붙잡는다. 가재는 몸부림을 치며 무서운 집게발을 허공에 허우적거리지만 두 손가락에 붙잡힌 이상 빠져나갈 길은 어디에도 없다. 가재의 꼬리 끝부분 부채를 떼어내고 날렵하게 가느다란 싸리나뭇가지를 벗겨 몸통을 꿴다. 가재는 마지막으로 버둥거리다가 한참 후에 숨을 거둔다.

5월 초순쯤이면 가재의 부채에 알이 수십여 개가 달려 있다. 어떤 때는 눈 질끈 감고 그 알을 떼어서 입안에 넣고 터트린다. 가재 알의 고소함과 감미로움이 입안을 가득 채우던 순간을 어떻게 잊을 수 있을까. 며칠 후에 가서 보면 수십여 마리의 새끼 가재가 부채에 촘촘히 붙어 있다. 안타까운 생각에 차마 잡지 못해서 물 위에 놓아주면 그 작은 새끼 가재들이 저마다 살겠다고 뿔뿔이 흩어졌다가 천천히 어미 가재의 부채로 모여들던 모습, 그새 아련한 추억 속의 이야기이다.

지금 생각해보면 초등학교 2학년 조그만 아이가 겁도 없이 혼자 깊은 산속에서 가재를 잡는 것은 위험한 일이었고, 살아 있는 가재를 잡아 서서히 죽게 만든 것도 안 되는 일이었다. 하지만 그때는 가재를 잡는 것이 내가 할 수 있는 유일한 잘하는 일이었고 최상의 즐거움이며 모험이었다.

내려갈수록 시내는 넓어지고 둠벙은 더욱 커진다. 어떤 때는 돌멩이 하나를 들추면 두세 마리의 가재가 눈치를 채고 멀리 헤엄쳐간다. 그때부터 가재들과 숨바꼭질 같은 전쟁을 벌이

곤 했다. 가재에게는 목숨이 걸린 절대절명의 전쟁이고 나는 날쌔게 도망가 버린 두어 마리의 가재를 놓쳤다는 서운함만 남는 기이한 전쟁. 전쟁은 대부분 나의 승리로 끝났었다.

가재를 잡는 방법은 여러 가지였다. 대개는 돌을 하나하나 들춰 밑에 숨어 있는 가재를 잡았지만, 둠벙이 큰 곳에서는 또 다른 방법을 썼다. 어린 개구리 한 마리를 잡아 눈 딱 감고 죽인 다음 돌로 다리를 짓이겨서 싸리나무 껍질을 벗겨 묶은 후, 큰 돌에 매달아 물에 잠기게 놓아둔다. 한 시간여 해찰하고 가서 보면 둠벙에 사는 모든 가재가 개구리의 비린내를 맡고서 개구리에 매달려 있다. 그때부터 마음 가는 가재를 주우면 된다.

나는 천성적으로 내기나 싸움에 약하다. 지금도 그렇다. 누가 내 것을 빼앗거나 탈취하고자 하면 그것이 분명 정정당당하다고 여기지 않으면서도, '더럽다' 혹은 '말도 하기 싫다' 하고 회피하는 경우가 있다. 그런 나를 책망하면서 뭐라 하는 사람이 많지만 '습관이 오래되어 성품'이 되어버린 것을 어떻게 할 수 없다.

어린 시절에도 그랬다. 나는 한 번도 승리하지 못했던 것 같다. 딱지치기나 구슬치기도, 땅빼앗기나 돈치기도 어떤 놀이든 한 번도 따본 적이 없고 잃기만 했다. 지는 것이 내 역할이었다. 그런데 어린 시절 가재 사냥만큼은 항상 나의 승리였다. 그렇게 오후 내내 가재를 잡다가 보면 대개 사오십 마리가 모였고, 할머니는 불에 그을린 양은 냄비에다 간장을 넣어 조림을 해줬다.

엊그제 같은데, 세월이 흘러 이제는 골짜기에 물이 줄어 가재는커녕 살아 있는 생명도 별로 없다. 어린 시절 한때는 가는골에서 큰 시앙골과 작은 시앙골로 오가며 자연 속에서 자연이 되었었다. 가끔 그때의 성취감과 할머니의 간장조림 냄새가 생생히 기억난다.

나는 자연대학교에서 배웠고 자연대학 총장이다

답사 때 내가 가장 자신 있는 것은 무엇인가? 곰곰이 생각해보면 나무와 풀에 대해서 다른 사람들보다 조금 더 알고, 그중에서 먹을 수 있는 것과 못 먹는 것을 가려내는 기술이 있다는 것이다. 청소년 시절을 오로지 시골에서만 자랐고, 다른 아이들과 달리 정규 교육을 받지 않고서 혼자 또는 아버지를 비롯한 가족들에게 생존 방식을 터득했기 때문이다.

새싹이 돋고, 꽃이 피는 것, 그리고 열매를 맺고 익는 것이 저마다 다른 것은 자연의 순리다. 매화꽃이 제일 먼저 핀 다음에 산수유꽃이 그 뒤를 잇는다. 진달래꽃과 비슷하게 벚꽃이 피었으며 진달래꽃을 뒤따라 찔레꽃이 피었고 자주색 오동나무 꽃이 피고 지면서 밤꽃이 피기 시작했다. 이런 계절의 변화 속에 자연은 시골에 사는 아이들에게 갖가지 간식거리들을 제공했다.

"꽃은 산중의 책력이요. 바람은 고요 속의 손님이네."

매월당 김시습의 시 구절처럼 계절은 달력 없이도 산천을 통해 변화를 알려줬다. 봄이 오기 무섭게 제일 먼저 아이들을 유혹하는 것은 풀밭에서 돋아나는 삐비(어린 꽃이삭)였다. 오동통한 풀잎을 헤치면 부드러우면서도 하얀 솜 같은 삐비가 숨어 있었고, 까서 입안에 넣으면 가슴에 스며들 것 같은 단맛이었다.

그다음 들판에 지천으로 널려 있는 것이 찔레 순이었다. 튼실한 고사리처럼 살찌게 올라온 찔레 순을 손안에 넣고 꺾어 껍질을 까서 먹으면 그 달보드레한 맛이 일품이었다. 거기에다 붉은 고추장을 연상시키는 고추장 찔레는 아껴뒀다가 집에 가서 고추장에 찍어 먹고는 했다. 다음으로 많은 것은 뽕나무 열매인 오디였다. 특히 우리 집에는 마을에서 제일 먼저 익는 오디나무가 있었는데, 맛이 일품이었다. 그 무렵에 익는 과일이 앵두였다.

여름이 지나면서 구미를 당기는 풀잎이나 열매들이 없을 때 할 수 있는 놀이가 남의 밭에 심어진 오이, 참외, 수박 서리였다. 그리고 가을이 시작되면 산에는 청미래덩굴이라 불리는 맹감의 알이 탐스럽게 굵어진다. 싱긋한 맛으로, 하나씩 따 먹는 재미가 있었다. 실에다 꿰어 걸면 스님들이 목에 거는 염주처럼 보였다.

가을이 되면 맨 먼저 익는 것이 조선 바나나라고 불리는 으름이었고, 산딸나무에서 열리는 박달도 그런대로의 맛을 지니고 있었다. 그 뒤를 이어 새머루가 익었다. 마지막을 장식하는 과일은 산중 과일 중 최고라고 알려진 다래로, 주렁주렁 열려 사람들에게 손짓했다.

집집마다 몇 그루씩 있어 가을과 겨울 간식으로 사랑을 받았던 것이 감나무였다. 호두나무, 배나무, 대추나무, 그런 여러 나무와 함께 조화를 이루며 살아온 것이 우리 고향 산천의 진정한 아름다움이었다.

나는 가을만 되면 되도록 산천에 간다. 자연은 계절의 변화에 맞춰 시골에 사는 아이들에게 갖가지 간식거리들을 제공했다. 자연 속에 숨어 있는 수많은 먹거리를 가르쳐준 사람은 아버지였다. 학교를 보내지 못해 달리 할 일도 못 찾고 빈둥거리면서 노는 큰아들을 데리고 온 산을 쏘다니면서 산속에서 자라는 약초들과 나무들, 그리고 먹을 수 있는 것과 먹을 수 없는 것들에 대해 가르쳐준 것이다.

감수성이 가장 풍부한 10대 후반을 약초를 캔다는 명목하에 약초 망태기 하나 메고 아침 일찍부터 아버지 뒤를 따라 길도 없는 길을 종일 헤매고 다녔다. 그곳에서 가끔 산 작약이나 천마, 더덕과 당귀, 조금만 씹어도 혀가 싸할 정도로 박하향이 감도는 세신을 캤다. 세신 잎은 고구마 잎을 닮았는데, 지금도 답삿길에 세신을 캐서 좋은 산 약초라고 도반들에게 건넨다. 너무 많이 먹으면 부작용이 생길 수 있기 때문에 세신을 아주 소량만 끊어서 주면 더 달라는 사람이 있다. 하지만 내가 정한 만큼만 주고 잘 씹어서 먹으라고 한다.

세신의 효과는 금방 나타난다. 처음엔 박하향과 같이 향긋하다가도 입이 얼얼하고, 자꾸 거북해지는 것이다. "선생님 입이 이상해요." 하는 도반들에게 말한다. "두 시간쯤 지나면 입이 마비되고, 정신이 없어질 것입니다." 그 말을 들은 사람들은 눈이 똥그래지지만 두 시간쯤 지나면 언제 그런 일이 있었느냐는 듯 효과는 슬그머니 사라지고 만다.

목이 마를 때 먹으면 청량제 같은 산 당귀나 다래, 머루, 그리고 더덕과 도라지, 운이 좋으면 볼 수 있는 산 작약꽃은 아름답고 귀한 것들이다.

"국골은 가시도 없는 참두릅이 많이 나는 곳이고, 선각산 정상 부근에는 씨알 굵은 더덕과 맛이 향기로운 산 당귀, 그리고 고비가 많이 난다. 장자골은 딱주(잔대)가 많이 나며, 천마는 약간 습한 데서 자란다."

아버지는 산에 많이 나는 산채나 약초에 대해 말하곤 했다.

정규 교육을 받지 못해 사회로 향한 출구를 일찌감치 막아버린 미안함 때문이었는지, 아니면 훗날 약초라도 캐면서 세상을 살아가라고 그러셨는지는 몰라도 아버지에게서 이 나라 산천에서 나는 약초와 먹을 수 있는 풀과 열매를 제대로 배울 수 있었다.

하지만 서로 주고받는 말은 그럴 때뿐이었다. 종일 말 한마디 나누지 않고 온 산을 헤매고 다녔던 적이 한두 번이 아니었다. 아버지와 단둘이서 지냈기 때문에 달리 반찬도 없었다. 된장과 고추장만 가지고 그곳에서 재배되는 표고버섯국을 끓여 먹었고, 풀을 베다가 발견한 더덕이나 도라지가 주 반찬이었다.

아침부터 낫을 갈고 잣나무를 덮을 만큼 자란 풀을 베는 풀과의 전쟁을 하며 자연에 대해 배웠다. 아이들이 학교에서 획일적인 교육을 받을 때, 나는 자연 속에서 노동하며 모든 것을 배웠던 것이다. 꽃에는 관심이 많지만, 정작 산천에 산재한 약초나 식용 풀에 대한 관심은 너무 없는 것이 지금의 세태다.

“교육의 효과란 무엇인가? 자유롭게 굽이치는 시내를 밋밋한 도랑으로 만드는 것과 다름 없다.” 시인 헨리 데이비드 소로의 말이 맞다면 나는 들에서 제멋대로 자란 야생마이고 제멋대로 흘러가는 시내이다. 자연과 벗하며 보낸 생활을 뒤돌아보면 이 나라 산천이 중고등학교이자 대학교였으며, 연구실이

자 도서관이었고 세상에서 가장 크고 잘 조성된 정원이었다.

나무를 오르내리고 자연 속을 거닐며 세상의 부조화를 체험하면서 단련했다. 그런 의미에서 나는 자연에서 내 인생의 모든 것을 배웠다고 자신 있게 말할 수 있다. 소설가 허먼 멜빌은 『백경』의 서술자 이슈멜 통해서 다음과 같이 말한다.

"만약 내가 죽은 다음에 훌륭한 글을 남길 수 있다면 그 영광과 명예는 모두 고래잡이 덕이다. 고래잡이 배야말로 나의 예일대학이요, 하버드대학이다."

그런 의미에서 나에게는 산천 즉 자연이 대학교였다. 그래서 그런지 나이를 제법 먹은 지금도 자연 속으로만 들어가면 신이 난다. 사람들이 내게 말한다. 선생님은 이 세상에서 제일 큰 대학, 자연대학교를 나왔다고, 그리고 자연대학교 총장이라고. 그렇다. 스스로자自에 그러할연然, 스스로 그러하다는 자연! 자연대학교 만만세다.

그 많던
물고기들은 어디로 사라졌을까?

유독 슬픔만 많았던 것이 어린 날의 기억이지만, 몇 가지는 생각만 해도 가슴이 설레 다시 돌아가고 싶기도 하다. 그중 하나가 보를 막고 물을 다 품은 뒤 물고기를 잡았던 추억이다.

내가 몇 년을 살았던 원촌의 냇가에 섬같이 생긴 곳이 있었다. 섬진강의 지류로 백운동천이 면 소재지에 이르러 두 줄기로 나뉘어 흐르며 만들어진 섬이었다. 그중 왼쪽 줄기를 막고서 물을 퍼낸 다음 그 안에 있는 고기를 모조리 잡으며 놀았다.

어른들이 먼저 떼를 뜨고, 돌로 성을 쌓은 뒤 떼를 가지고 물이 흐르는 곳을 막는다. 물이 오른쪽 줄기로 흐르면 왼쪽 길은 저절로 물이 줄어든다. 그 뒤는 간단하다. 흥건하게 고여 있는 나머지 물을 퍼내면 된다. 어른들은 바가지로 퍼내고 아이들은 고무신을 동원하여 물을 퍼낸다.

물이 줄어들기 시작하면서 물속에 숨어 있던 물고기들이 하나둘씩 모습을 드러내어 곧 물 반 고기 반이 된다. 당황한 물고기들은 어떻게든 몸을 숨기기 위해 몸부림을 치지만 이미 독 안에 든 쥐나 다름없다. 팔딱이는 고기들을 살며시 붙잡으면 파닥거리다 금세 잠잠하다. 그다음에 철통 같은 수대에 담기만 하면 된다.

피라미, 붕어, 송사리, 엉금엉금 기어가는 가재와 새끼손가락 굵기만 한 왕새우가 주 고객이었다. 한 수대 정도 잡은 물고기를 힘겹게 가지고 가면 그날은 인근에 사는 사람들의 잔칫날이었다.

천렵川獵 판이 벌어지는 것이다. 마당 가운데에 무쇠솥을 걸어놓고 한쪽에서는 잡은 고기를 손질한다. 또 한쪽에서는 불을 때고, 매운탕 안에 들어갈 푸성귀며 고추를 준비하던 부산한 움직임. 그때 그 사람들이 눈에 선하다. 뜨거운 매운탕을 연신 호호 불어가며 땀을 훔치던 모습이 엊그제같이 생생하다.

단백질이 유독 부족하던 시기에 먹었던 것 중 곤충을 빼놓을 수 없다. 가을 산천을 노랗게 물들이는 벼가 익어갈 무렵, 지천으로 날아다니는 것이 메뚜기였다. 메뚜기는 구워서 먹어도 맛있지만 볶아 먹을 때 훨씬 맛있다. 초여름부터 가을이 무르익기 전까지 시끄럽게 노래하던 매미도 예외는 아니었다. 매미 중에서도 참매미라고 불리는 매미는 뒷부분이 통통해서 구워 먹으면 먹을 만했다.

땅강아지도 자주 먹었다. 땅강아지는 몸길이 29~31밀리미터이다. 몸 빛깔은 황갈색 또는 흑갈색이며, 짧고 부드러운 가는 털이 덮고 있다. 머리는 원뿔형에 가깝고 검은색을 띤다. 대체로 땅굴에서 생활하지만 땅 위로 나오기도 한다. 잡식성이어서 식물의 뿌리나 지렁이 등을 먹는다. 수컷은 땅속에서 "비이이이-" 하는 긴 울음소리를 내며 암컷도 수컷을 만나면 "비이- 비이-" 하는 짧은소리를 낸다.

한방에서는 여름에서 가을 사이에 땅강아지를 잡아 끓는 물에 죽여 햇볕이나 화력으로 건조한 것을 누고螻蛄라 한다. 땅강아지는 이수利水, 해독, 소종消腫에 약효가 있어 소변 불통, 방광결석, 악성 화농증에 좋다. 땅강아지는 농작물의 뿌리를 먹어 농업에 큰 피해를 주기도 한다. 논에서 삽질할 때 튀어나오는 땅강아지 수십 마리를 잡은 날은 걷다가 금덩이를 주운 듯 횡재한 기분이었다. 집으로 돌아가 구워 먹는 그 맛, 지금도 입에 침이 고여 옛날로 돌아가고 싶어진다.

누에치기와 번데기에 대한 단상

어린 시절의 6월 초를 회상해보면 누에가 떠오른다. 오디가 열리는 뽕나무가 먼저 떠오를 수도 있지만 뽕을 먹고 자라는 누에에 대한 추억이 더 많기 때문이다. '양잠'이라고 부르는 누에치기는 일 년에 봄과 가을 두 차례 있다. 시골에서 누에치기로 얻는 소득만 한 고소득이 없었으므로 사활을 건 일이 누에치기였다.

이른 봄 집집마다 기르는 뽕나무에 맞게 누에알을 신청한다. 깨알 같은 누에알을 채반에 놓고 며칠 지나면 애벌레들이 하나둘씩 껍질을 벗고 모습을 드러낸다. 작디작은 누에들에게 뽕잎을 주기 위해 뽕잎을 써는 모습은 어린 나에게 진풍경이었다. 마치 담배를 썰듯이 가늘게 써는 칼질이 마냥 신기했다. 뽕잎을 채반에 골고루 덮어주면 작은 누에들이 뽕잎에 달라붙어 야금야금 갉아먹기 시작했다.

누에는 하루가 다르게 무럭무럭 자랐다. 작은 채반에서 큰 채반으로 옮기고, 두 개에서 세 개, 네 개 마치 수학 공식과 같이 기하급수로 늘어나는 누에 채반. 좁은 방에 누에 채반을 층층이 차곡차곡 쌓기 위해 가설물이 설치됐다.

처음엔 누에에게 틈틈이 뽕잎을 줬는데, 누에가 성장하는 속도에 따라 뽕잎을 따는 일과 누에 밥 주는 일로 하루를 다 써도 모자랐다. 어른들부터 아이들까지 뽕밭에 나가 뽕잎을 따야 했고, 누에에게 밥을 주고 새로운 채반에 누에를 옮긴 뒤, 가지만 남은 뽕나무 줄기와 누에똥을 갈아주는 일에 매달렸다. 낮은 그런대로 부산하게 넘어갔지만, 방에서 누에를 키우기 때문에 저녁은 누에와 함께 지내야 했다.

그때가 누에를 자세히 관찰할 수 있는 좋은 기회였다. 지금도 가끔 환청처럼 누에의 뽕잎 갉아 먹는 소리가 들린다. 그 소리 역시 누에가 성장하는 속도에 따라 변화했다. 사각사각은 누에가 그나마 작을 때 내는 소리였고, 성체가 되면 소나기가 쏟아지는 소리와 흡사했다.

“애야, 누에 밥 주어라.”

할머니의 목소리가 끝나기 무섭게 가지째 잘라온 뽕을 몇십 개의 채반에 준 후 맨 처음 채반을 보면 뽕잎이 줄기만 앙상하게 드러나 있었다. 누에가 성체가 되면 뽕잎 갉아먹는 소리에 잠을 못 이루는 것이 다반사였다.

잠을 못 이루는 불편함보다 가슴을 뿌듯하게 한 것은 아침에 깨어났을 때 밤사이 몰라보게 부쩍 큰 누에를 보는 기쁨이었다. 누에가 크면 클수록 일이 많아지는 것은 어쩔 수 없었지만, 그보다 중요한 것은 뽕이 모자라지 않을까 하는 걱정이었다.

"뽕이 없어서 다 키운 누에가 굶주리고 있는 모습은 아들딸이 굶주리는 슬픔보다 열 배, 스무 배 더 큰 것이니라."

혼잣말하시는 할머니 곁에서 나는 아무런 말도 못 하는 어린 소년이었지만, 할머니의 눈빛에서 걱정하는 마음은 읽을 수 있었다. 집안 식구들이 매일 산으로 들어갔다. 산에 있는 산뽕을 따러 간 것이다. 산에는 야생의 산뽕이 수두룩했다. 날이 저물어 돌아오는 부모님과 고모, 삼촌의 등에는 뽕잎이 가득 든 보자기가 한 짐이었다.

지금도 눈에 선한 것은 보자기에서 풀려나온 뽕잎들을 멍석에 가득 채우고, 시들어가는 뽕잎에 물을 뿌리던 모습이다. 산뽕으로도 부족하면 남의 마을에 가서 도둑 뽕을 따는 것도 마다하지 않는 것이 그 시절의 풍속이었다.

온 식구에게 그렇게 많은 노동을 요구했던 누에들이 뽕잎

먹기를 멈추면서 몸빛이 누렇게 변하기 시작하면 할머니가 말하셨다.

"아무래도 누에를 섶에 올려야겠다."

그때 등장하는 것이 청솔가지였다. 소나무와 댓잎들을 누에 채반이 있던 틀에 촘촘히 쟁이고 그 위에다가 다 자란 누에를 놓으면 누에들이 엉금엉금 저마다 고치를 지을 곳을 찾기 위해 돌아다녔다. 잊고 있으면 누에들이 거푸집을 짓고, 그 속에서 실을 뽑아내면 어느새 고치만 남아 있었다.

며칠이 지난 뒤 고치가 딱딱해지면 소나무 가지를 내려놓고 누에를 따기 시작한다. 빛깔이 하얗고 토실토실해야 좋은 고치였다. 어떤 것은 다른 고치보다 두 배나 더 컸는데, 이는 쌍둥이 고치였다. 하나하나 따낸 고치들이 수북이 쌓여가는 것을 보면 누에의 한 생애를 하루도 빼놓지 않고 봤기 때문에 감회가 깊었다.

노력의 결실은 수매收買를 통해서 거둘 수 있기 때문에 수매를 앞둔 식구들의 마음은 들뜨기보다 무거웠다. 등급 차이가 가격에 결정적인 영향을 끼쳤기 때문이다. 하여간 누에치기를 통해서 밀린 빚도 갚고, 자녀들 학교도 보내고 혼사도 치렀기 때문에 집안의 가장 큰 농사라고 해도 과언이 아니었다.

누에는 변해서 번데기가 된다. 누에를 치는 목적은 견직물의 원료인 고치실을 얻는 데 있었기 때문에 고치를 뜨거운 물에 넣은 뒤 물레를 자아내서 고치실을 푼다. 첫 번째 작업이 하얀 고치에서 실을 뽑아내는 것, 그것이 바로 '실마리를 푸는 것'이다. 글을 쓸 때, 어떤 일이 풀리지 않을 때 '실마리가 풀리지 않네' 하고 혼잣말을 하는 것처럼 실마리가 풀릴 때까지가 가장 어정쩡하고 힘든 시간이다. 어느 순간 실마리만 풀리면 고치에서 실이 풀려 나오듯 순식간에 글이 써진다. 마찬가지로 막혔던 일도 풀리는 그 실마리, 고치에서 실마리를 아주 능수능란하게 찾는 사람이 할머니였다.

할머니가 물레를 저을 때 나는 그 옆에 앉아서 번데기가 나오기를 기다렸다. 지금은 식당이고, 편의점이고, 막걸릿집이고 쌔고 쌘 것이 번데기지만, 그때는 뜨거운 물에 물레를 넣어 실을 뽑아 고치가 온몸을 드러냈을 때만 먹을 수 있는 것이 번데기였다. 고치실이 풀리면서 한쪽이 서서히 뚫리면 아슴푸레 번데기가 보이기 시작한다. 그 순간의 경이와 기쁨, 그것을 어찌 말로 표현할 수 있으랴. 기다린 순서대로 하나씩 맛보던 뜨거운 번데기의 맛. 그 맛이 아직도 생생한데, 세월은 유수처럼 흘러 귀밑머리가 희어지고 흐르는 세월을 그저 바라보고만 있다.

『팔만대장경』에 실린 말이 떠오른다.

“누에는 중생과 같다. 누에는 고치를 만들고 모든 인간은 생사 가운데 스스로 업을 짓고 죽어버린다.”

오래된 옛 추억 속의 도토리밥

최불암 선생님과 고향인 진안군 백운면 백암리 상백암과 덕태산 자락, 그리고 장성과 정읍을 잇는 갈재와 노령에서 〈한국인의 밥상〉을 촬영하면서 먹었던 기억을 되살려 도토리밥을 해서 먹었다. 밤도 아닌 도토리. 떨떠름한 도토리 맛이 그대로 남아 있는 도토리밥을 이쩌다가도 아니고 가을에서 겨울까지 한 시절 살기 위해서 질리도록 먹었던 때는 1960년대 중반 이었다.

가을이 물씬 무르익은 아침 녘이면 온 동네가 부산했다. 아이들은 학교를 가고 마을 어른들은 산으로 들어가기 때문인데, 그때가 도토리를 따기 가장 좋은 시기이기 때문이다. 우리 집만 해도 부모님과 삼촌, 고모, 그리고 작은아버지와 작은어머니까지 총출동해 산으로 들어갔다.

그런 날이면 학교가 파하기 무섭게 집으로 돌아와 어른들을 기다렸다. 기다리는 시간은 왜 그리 길기만 할까? 마을에 어둠이 슬슬 내릴 무렵 지게에 가득 짊어지고 온 보따리를 마당 가운데 내려놓고 하나씩 푼다. 도토리 쪽 소리와 상수리의 푸르고 누런 빛깔, 황금 알처럼 쏟아져 나오는 다래와 머루, 그리고 으름 속에 오미자도 더러 보였다. 모양은 머루 같지만, 다섯 가지 맛을 낸다고 해서 오미자五味子라고 불렀다. 입에 들어가는 순간 어찌나 시던지, 눈이 사르르 감겼다. 그중에서도 압권은 모과와 비슷한 새파란 배, 독배라 불리는 돌배였다. 겉은 모과처럼 무지막지하게 단단하지만 속은 그렇게 신맛과 단맛이 잘 조화된 것이 없을 듯싶은 환상적인 맛이다.

그렇게 따온 도토리는 묵을 쑤어 먹기도 했지만, 시장에 나가 팔기도 하고 솥내라고 불리던 송정마을의 옹기점에 가서 옹기와 바꿔오기도 했다. 그 담당이 우리 어머니였다. 도토리묵을 쑤어 열두어 개의 묵을 넓은 그릇 뚜껑에 담아 이고 가는 길은 장장 15리 남짓했다. 그곳에 가서 묵을 주면 옹기점에선 잘 만들어진 완성품이 아닌 조금은 비뚤어진 못난 옹기그릇을 머리에 이고 갈 수 있을 만큼 줬다. 그릇을 이고 다시 15리를, 그렇게 서너 번 해야 장독대의 빈 독을 채울 수 있었다.

도토리는 묵을 쑨 뒤 시장에서 팔아 생필품으로 바꿔오기도 했지만 더 긴요한 역할은 쌀을 대용하는 것이었다. 도토리를 잘

말려 절구통에 넣고 찧어서 잘게 부순 뒤 물에 며칠씩 불려 향을 우려낸다. 그렇게 우려내면 도토리만이 지닌 특유의 향이 어느 정도 사라진다. 불린 도토리에다 쌀을 조금 넣고 지은 밥이 이름 그대로 도토리밥이다. 동생은 아직 어리니까 쌀을 많이 넣은 밥을 주고 나부터는 공평하게 도토리밥을 주었다.

'개밥에 도토리'라는 말처럼 아무리 먹어도 밥그릇에서 줄어들지 않고 남아 있던 도토리. 도토리가 아닌 쌀만 넣은 고봉밥을 언제 먹을 수 있을까 생각하며 바라봤던 쌀밥. 지금도 도토리만 생각하면 도토리 특유의 향이 내 입안을 확 휘젓고 지나간다. 그때 기억 때문에 지금도 나는 도토리밥을 잘 먹지 않는다. 결혼 초에 아내가 도토리묵을 잘 안 먹는 내게 물었다. "왜 건강에 좋은 도토리묵을 안 먹어요?" 달리 할 말이 없는 나는 그저 빙그레 웃기만 했다.

세월은 가고 추억만 남는다. 추억이 켜켜이 쌓여 있는 고향 산천을 걸으며 이미 내 곁을 떠난다는 말도 없이 떠나간 옛사람들을 떠올리지만, 부질없는 짓이다. 그래도 추억은 은은하게 멀어져 가는 북소리처럼 내 가슴에 파문을 던진다. 둥둥둥.

어릴 적에 배웠던 전래 골프

오래전에 모 방송국 시청자 위원을 몇 년간 했던 적이 있다. 그 모임에 나가면 회의를 시작하기 전까지 골프 얘기만 들었다. 짧은 회의가 끝나면 곧바로 식당으로 자리를 옮기는데도 오로지 골프 얘기다. 그러다 보니 모임의 주된 회의 내용은 별로 남아 있지 않고, 골프에서 시작되어 골프로 끝나는 경우가 많았다. 골프가 얼마나 좋은지 잘 모르지만, 골프를 치면서 이루어지는 어떤 즐거움이 그들을 사로잡아 흡사 마약과 같이 작용하는 것 같았다. 골프에 올인하다 신세를 망쳐 입에 오르내리는 사람들을 보면 내 딴에는 안쓰럽기 그지없다. '세상에 그보다 더한 즐거움이 얼마나 많은데, 한 가지에만 매달릴까?' 하는 마음을 가지고 딴지를 걸었었다. 골프 얘기가 한창 무르익었을 때 내가 끼어들었다.

"나는 어린 시절에 골프를 많이 쳤습니다."

그 말을 들은 사람이 정색하고 물었다.

"선생님은 어린 시절 유복했나 보군요?"

"그렇죠. 전용 골프장이 있었습니다."

"고향이 어딘데요?"

"진안입니다."

"그 시절 진안에 골프장이 있었습니까?"

"예." 하고서 어린 시절의 얘기를 들려줬다.

그 당시 진안의 산골 마을에는 집집마다 칙간이라고 불리는 화장실이 있었다. 오늘날의 수세식 변기가 있는 것이 아니고, 큼지막한 돌 두 개가 놓여 있었다. 돌은 두 발을 딛고 용변을 볼 수 있을 만큼의 간격을 두고 있었고, 바로 앞에는 아궁이에 불을 지핀 뒤 타고 남은 재가 가득 쌓여 있었다. 한쪽에는 날이 닳을 대로 닳은 삽이나 나무 막대기가 놓여 있었다.

칙간에서 대변을 보고서 그 재를 허물어 대변에 덮은 뒤에 삽이나 막대기로 대변을 거름 더미에 던지면 됐다. 한 번에 옮겨지기도 했지만, 묽게 쌌을 때는 여러 번 던져야 거름더미에 올라갔다. 그때 너무나 많은 골프를 쳤으므로 흥미를 못 느낀다고 했더니, 골프장을 건설하고 있던 사람이 "그건 골프가 아니잖아요!" 하는 것이었다. 나는 그 말을 받아서 "왜 골프가 아닙니까? 한 번에 들어가냐, 두 번에 들어가냐, 그게 골프가 아닙니까?" 하고 되받았다. 그리고 한술 더 떠 다음과 같은 제안을 했다.

"선생님이 만드시는 골프장에 뒷간을 지어놓고 한국의 재래식 골프장이라고 하면 어떻겠습니까?"

내 물음에 대꾸할 값어치도 없다는 듯 씨익 웃고 말던 사람들. 빈번하게 나오던 골프 얘기가 이후로 쏙 들어갔다.

그것만이 한국의 재래식 골프가 아니었다. 마을의 공터나 골목길, 즉 신작로에서 벌어지던 자치기도 한국식 골프장이나 다름없었다. 그런 놀이가 사라진 자리에 게임장이 하늘의 별만큼이나 많이 들어섰고, 어른들은 늦게 배운 도둑질 때문에 날 샌 줄 모른다는 말로 회자되는 골프에 푹 빠져 있다. 이러다가 나라가 온통 골프장 공화국이 되지 않을까 싶다. 중국 남조 시대의 양나라 학자인 도홍경陶弘景이 지은 『지비록地秘錄』에 등장하는 양나라 사람 유여려兪汝礪가 말했다.

"부귀를 누리는 선비는 강산이나 소나무와 대나무의 즐거움에 뜻을 두지 못하고, 산천, 기이한 형상, 노을과 구름, 대나무와 돌, 시와 술, 바람과 달은 오직 세상을 만나지 못한 사람만이 비로소 그 즐거움을 독차지한다. 그렇기 때문에 천지 사이에 있는 씩씩하고 뛰어난 곳이나 범상치 않은 곳은 하늘이 어진 사람에게 주어 그들의 우울한 생각을 풀도록 한 것이다."

세상은 넓고 사람은 많고 우리를 경이로움으로 사로잡을 만한 것이 저리도 많은데, 어느 하나에만 사로잡혀 헤어나지 못하는 사람들이 너무도 많다. 그러고 보니 경우는 틀리지만 나도 책에 사로잡혀 책의 바다에서 빠져나가지 못하고 허우적대고 있는 것은 아닐까 생각한다.

불난 집이 재수 있다

대개 불은 한밤중 사람들이 곤히 잠들었을 때 일어났다. "불이야! 불이야!" 처음엔 꿈인 듯 생시인 듯, 긴가민가하다가 그 소리가 자꾸 커지면 '불이 났구나!' 하고 일어서면서 불안이 엄습해 온다. '혹시나? 우리 집이?' 그때는 옷이고 뭐고 따지지도 않고 다급하게 문을 열고 밖으로 나간다. 마루에만 내려서면 자기 집인지, 남의 집인지 알 수 있다. 중요한 것은 자기 집에서 가까우면 당시 마을의 특성상 초가집이었기 때문에 번져올 염려가 있으므로 조마조마하지만, 그래도 자기 집에서 멀리 떨어진 곳에서 불이 나면 그나마 마음을 놓고 불을 끄러 가는 것이다.

지금이야 소방서에 전화만 하면 금세 소방차가 오고 사다리차까지 등장하지만, 60년대 대한민국의 농촌은 말 그대로 무풍지대였다. 더구나 시기가 겨울일 때는 물이 꽁꽁 얼어붙어 있어 얼음을 깨뜨려 나무로 만든 쇠죽바가지로 퍼서 지붕에 끼얹었다. 마치 언 발에 오줌 누는 격이랄까? 그때 가장 요긴한 수원水原, 소방차보다 더 구세주 같았던 것이 바로 '오줌통'이었다. 집집마다 농사 때 거름으로 쓰기 위해서 모아두었던 오줌통에 가득 찬 오줌을 통으로 퍼다가 불을 끄는 것이었다.

묵은 오줌은 유독 냄새가 더 심했다. 오줌으로 목욕을 하면서도 아무렇지도 않게 불을 끄는 데만 열중했었다. 그 오줌은 일 년 농사에 지대한 영향을 끼치는 비료나 거름이었다. 그런데도 누구 한 사람 아깝다고 여기지 않고 바닥을 닥닥 긁어다가 불을 끄던 순박한 시골 사람들의 마음 풍경이여.

그나마 몇 채만 태우고 끝나면 다행이지만 바람이 많이 불 때는 몇 집의 전 재산이 하룻밤 사이에 한 줌의 재로 변하기도 했다. 사소한 잘못이나 작은 불쏘시개가 일으키는 불이 엄청난 화를 불러일으킨다는 것을 산 경험을 통해서 깨달았다. 그래서 단테도 그의 『신곡 천국편』의 「1곡」 34행에서 "작은 불씨 뒤에는 큰 불씨가 따라 나오는 법이니"라는 말을 남겼을 것이다.

불이 꺼진 풍경은 삭막하기만 했다. 가로등도 없는 어둠 속에서 실의에 빠진 허탈한 집주인을 달래기 위해 마을 사람들은 다음과 같이 말하고 돌아갔다. "불난 집이 재수 있다네." 불났던 집에서 살면 재산이 불이 일듯이 일어난다는 위로의 말이었다. 연례행사처럼 마을에선 불이 났고, 불 끄기는 일 년에 한두 번씩은 겼었던 일이었다.

호롱불과 램프에 대한 명상

모든 것은 상대적이다. 호롱불과 형광등 두 가지는 밝음에 있어서 천지차이다. 호롱불밖에 없던 시절, 어둠이 내리자마자 먼동이 트기까지 호롱불 아래에서 길고 긴 밤이 이어질 수밖에 없었다. 석유통이 따로 있는 것도 아니었다. 소주를 마시고 난 뒤 대두병을 가지고 기름집에 가서 석유를 사오곤 했다. 석유를 희디흰 호롱에다 채우고 불을 붙이면 됐다. 심지는 대개 문종이나 굵은 실들을 모아서 만들었는데, 시골에서는 대부분이 문종이었다.

한참을 사용하면 문종이로 만든 심지가 다 닳아서 그을음이 나기 시작했고 그때마다 심지를 조금씩 잘랐다. 심지가 너무 짧아지면 갈아 끼울 때였다. 때를 잘 아시는 할머니가 내게 말했다. "얘야, 심지를 갈아야겠다." 심지를 갈아 끼우는 것은 항상 내 몫이었다. 방 안 선반 위에서 문종이를 꺼내어 알맞게 자른 뒤, 돌돌 말은 심지를 호롱 뚜껑에 끼우면 끝이었다.

그리고 성냥으로 불을 지펴서 호롱에 불을 붙이면 마치 올림픽 전야에 붙이는 성화처럼 불꽃이 피어올랐다. 그때의 느낌을 어떻게 표현하랴. 조용히 타오르다가 누군가 문을 열거나 닫을 때 이리저리 흔들리면서 타오르는 불꽃의 향연이 이어졌다. 나는 넋을 잃고 호롱불을 바라보았고, 어떤 날은 해가 아직 많이 남았는데도 호롱불을 보기 위해 어서 어둠이 들기를 기다리곤 했다.

불꽃은 혼자서 타고 나는 혼자서 꿈꿨다. 불꽃은 다양한 형상을 이루며, 어둠 속에서 또 하나의 세계를 만들곤 했다. 불꽃이 만들어내는 정경, 그 정경은 당시 어둡기 그지없는 나의 삶과는 전혀 달랐지만, 알 수 없는 어떤 예시豫示를 전달해줬었다.

가끔씩 망연히 보고 있으면 나도 하나의 호롱불이 되는 듯한 기분. 저녁의 슬픔인지 기쁨인지 모를 빨간 불꽃. 그 불꽃은 불의 모습이 아니고, 또 무엇이었을까? 내 가슴속에 조그맣게 타오르던 어떤 열망, 어둠에서 빛으로 새롭게 전이한 또 다른 우주, 새로운 생성을 기다리는 우주, 활활 타오를 날을 기다리는 우주, 그 광활한 우주의 모습이 아니었을까.

타올랐다가 소멸되는 불꽃. 나 역시 언젠가는 타오르기를 기다리는 하나의 불꽃이었는지도 모른다. 호롱불에 불꽃이 지펴지고 활활 타오르다가 바람이 불 때 소리를 내며 흔들리는 모습이 얼마나 신비했는지. 그래서 성냥불로 호롱불을 지폈다가 입으로 '호' 불어서 끄고 다시 피우는 것을 좋아했다. 그러다가 할머니에게 들키면 한소리 들었다.

"얘야! 불가지고 장난하면 저녁에 오줌 싼단다."

조금 살 만한 집에서는 '호야'라고 부르는 램프를 켰고, 전기가 들어오기 조금 전에는 우리 집도 하나 장만했었다. 호롱불에서 램프로 바꾸면서 불꽃의 신비함도 다른 형태로 바뀌었다. 너무도 환한 램프의 불빛 속에서 호롱불만이 낼 수 있던 그 빛의 용량을 볼 수 없게 되었다.

작가 타고르는 「반딧불」이라는 시에서 "나의 수줍은 램프를 격려하려고 광대한 밤이 그 모든 별들을 켠다."라고 말했다.

어린 시절을 관통했던 호롱불과 램프의 시절이 지나가고 어느 순간 불쑥 전기가 들어왔다. 말 그대로 대명천지나 다름없었다. 전깃불이 들어오면서 그처럼 어둡고 침침하면서도 아스라한 기억들이 썰물과 같이 사라지기 시작했다.

너무 환해서 그 앞에 몸을 들이미는 것조차 부끄러운 형광등 불빛은 더 이상 내게 영감을 주지도 않고, 불꽃을 피우지도 않고, 그저 모든 사물 중에서도 활자의 정확성만이 강조되기 시작했다.

매일 매 순간, 문자를 조립하는 것으로 삶을 유지하는 나에게 호롱불과 램프를 거쳐 형광등으로 전이한 불빛들은 하나의 역사다. 오랜 나날이 지난 지금, 굳이 호롱불과 램프를 정의해야 한다면 내 기억 속에 저장된 '우울하게 빛나던 보석'이라 하겠다.

이만 잡는 남자

대개 사람들은 걸으면서 노래를 부르지 않는다. 모자를 꾹 눌러 쓰고, 얼굴까지 감싸고 아래만 보면서 걷는 사람들도 많다. 나는 여기저기, 이곳저곳을 바라보면서 걷는다. 전라도 말로 해찰을 많이 하는 편인데, 그중에서도 노래를 부르거나 휘파람을 불면서 걷는 때가 많다.

얼마 전 함께 걸었던 어떤 분이 말했다. "선생님은 노래를 참 좋아하는 것 같아요. 게다가 참 다양하게 아는 것 같아요." 이틀 만에 나를 파악하다니! 사람들이 나더러 노래를 참 많이 안다고 한다. 그 말이 맞다. 수백 곡에서 천여 곡은 알 것이다.

어떤 사람들은 나더러 기억력이 좋다고 하지만 그건 절대 아니다. 막내 삼촌이 가수 지망생이라서 매일 노래만 불렀고, 나는 좋든 싫든 노래를 들을 수밖에 없었다. 좋은 현상인지 나쁜 현상인지 몰라도 그렇게 해서 그 노래들의 가사를 처음부터 끝까지 알 수 있도록 머릿속에 각인된 것이다.

가수 지망생이던 삼촌의 우상은 〈빨간구두 아가씨〉를 부른 남일해, 〈영등포의 밤〉을 부른 오기택과 〈사랑이 메아리 칠 때〉를 부른 안다성이었다. 그들만 좋아한 게 아니었다. 샹송을 즐겨 부르던 최양숙의 노래도 무척이나 좋아했다. 그러다 보니 샹송이나 팝송의 레코드판을 제법 많이 소유하고 있었다. 그중 삼촌이 자주 듣는 노래는 프랑스의 샹송 가수인 샤를 아즈나부르의 〈이자벨〉이었다.

아직 어렸던 내가 프랑스어로 이뤄진 내용을 알면 얼마나 알았겠는가? 멜로디와 언뜻 들리는 가사로 그 남자는 사랑을 했었고, 그러다 실연을 당했을 것이며, 실연을 당한 남자가 “이자벨, 이자벨, 이자벨” 하면서 울분과 절망을 저렇게 온몸으로 토해내는 것이라고 짐작할 뿐이었다.

궁벽한 시골에서 가수라는 꿈을 펼칠 수 없는 삼촌의 심사는 얼마나 타들어갔을까? 그렇게 꼬리에 꼬리를 물고 일어나는 생각을 전개하면서 들으면 감정이 미칠 듯 고조됐다. 그 순간 할머니의 목소리가 감정을 비집고 들어왔다.

“애야? 저 남자는 왜 ‘이 잡아’ ‘이 잡아’ 하면서 맨날 이만 잡는다냐?”

삼촌이 남일해나 오기택 같은 가수들에게 편지를 보낸 것 같지만 직접 읽어본 적은 없다. 편지의 정성을 알아줘서 그랬는지는 몰라도 가끔 자필로 답신이 왔다. 그들의 편지를 받은 날은 삼촌은 기쁨으로 터질 것 같아 보였다. 삼촌은 그 편지들로 인해 꺼져가던 가수에 대한 꿈을 다시금 이어가기도 했다.

몇 년간 함께 보낸 삼촌의 일상은 아침부터 저녁까지 일하면서도 어떻게 하면 가수가 될까 하는 것뿐이었다. 그래서 매일 입에서 노래가 떠나질 않았다. 통기타도 수준급이었다. 하모니카를 유난히 잘 불었던 삼촌이 언제 그 꿈을 접었는지 잘 모른다. 지금도 가끔 이 도시 저 도시의 곳곳에서 노래를 부르고 있는 가수 지망생들을 보면 삼촌이 기타 치면서 노래를 부르던 모습이 떠오른다.

"내 노래 어떠냐?"

윤사월 초파일에 떠났던 추억여행

그 일은 이미 오래전 일이지만 가끔 파노라마처럼 스치고 지나갈 때가 있다. 가보자, 가고 싶을 때 가야지, 하고서 찾아간 화엄사 구층암. 열다섯 살의 추억이 새록새록 살아나는 곳이다.

당시 내 나이 열다섯 살, 어린 나이에 세상을 알면은 얼마나 알았겠는가. 그러나 삶에 지치고 인생에 회의를 느낀 나는 중이 되고자 했고, 내 딴에 큰 고민 끝에 택한 절이 언젠가 책에서 봤던 지리산 자락의 화엄사였다.

화엄사로 가자. 그곳으로만 가면 무언가 살길이 있으리라는 생각으로 전주에서 구례구역로 가는 열차에 몸을 실었고, 구례구역에 도착해서야 울타리에서 떠나온 것을 실감할 수 있었다. 어떻게 한다. 이젠 방법이 없다. 화엄사 가는 버스를 타고 가며 버스 앞에 나타났다 사라지는 강이 섬진강이라는 것을 사람들을 통해 들었고, 멀리 펼쳐진 산이 지리산이라는 것도 사람들을 통해 들었다. 내가 잘 선택한 것일까? 계속해서 물어도 자신은 없었다. 집에서 도망쳐 나왔으면 서울로 가야지 왜 절로 들어갈 생각을 했을까? 지금도 의문이지만 당시 어린 나이임에도 사는 것 자체에 지쳐 있었고, 특히 사람 자체가 끔찍하게 싫었다.

용기를 내어 화엄사에 들어갔고 지나가는 스님에게 다시 한 번 용기를 내 이 절에 찾아온 이유를 이야기했다. 스님은 지금은 기억 속에 희미한 암자(화엄사 뒤편의 구층암)에 있는 한 스님을 소개해줬다. 지금 곰곰이 생각해보면 그 스님은 키는 중간쯤으로 호리호리했고 나이는 40대 중반쯤 되어 보였으며 과묵했다. 굵게 패인 주름살이 세월의 두께를 짐작게 하는 스님이 방으로 들어오라고 하더니 내게 물었다.

"어디서 무슨 일로 왔느냐?"
"예, 전주에서 중이 되고자 왔습니다."
"그래. 무슨 사연이 있어 왔느냐."
"오래전부터 스님이 되고자 했으며, 지금이 그때일 것 같아 왔습니다."

내 의도를 알아차린 스님은 더 이상 묻지 않고 내가 묵을 방을 알려줬다. 그곳에서 나무를 하고, 방을 치우고, 밥하고, 빨래하는 것을 거드는 허드렛일을 하며 두어 달을 지냈다. 두어 달을 앞둔 어느 날이었다. 스님이 방안에서 나를 불렀다.

"얘야, 힘들지 않느냐."

"예, 힘들지 않습니다."

한참 동안 나를 바라보고 계시던 스님이 나직한 목소리로 내게 말했다.

"내가 너를 예의 주시했는데, 아무래도 너는 절에는 맞지 않고 세상에 나가서 사는 게 좋겠다."

나는 눈앞이 캄캄했다. 내가 처음으로 선택한 길, 더 이상 갈 곳이 없는 막바지라고 찾아온 곳에서 나가야 된다니. 내 생각은 아랑곳없이 스님의 말은 이어졌다.

"물론 네가 큰마음 먹고 찾아온 것을 안다. 두어 달 동안 머문 이곳에도 길이 있지만, 사람의 마음이나 생김이 제각각 다르듯이 길도 여러 가지가 있단다. 네가 건너가야 할 수많은 길이나 강은 여기에 있는 것이 아니고 다른 데 있는 것 같다. 네가 나가서 마주치게 될 모든 순간, 모든 사람에게도 저마다 다른 길이 있단다. 세상에 태어나서 살다가 가는 모든 것이 다 길이지만 너만을 위한 길이 세상에 마련되어 있다. 그리고 세상에선 누구나 혼자란다. 혼자의 길을 가거라. 가서 세상의 바다를 헤엄쳐라."

내가 스님에게 더 있으면 어떻겠냐고 말씀을 드리려고 하자, 내 말을 막은 스님은 내게 노잣돈을 건네주면서 "어서 떠나는 게 좋아." 하셨다. 이게 어렴풋한 기억 속에 스님이 내게 한 말씀이었고 스님과 맺은 인연은 그것으로 끝이었다. 더 이상 내가 스님에게 매달리는 것은 의미 없다는 것을 스님의 눈빛을 보면서 온몸으로 느꼈다.

마지막 밤이었다. 이른 저녁 공양을 끝내고 내가 기거하던 방에 누워 있는데, 내가 그렇게 한심할 수가 없었다. 어디로 갈 것인가? 불과 두어 달 전에 다시는 안 돌아가겠다고 나온 그 지옥 같은 집으로 돌아갈 수도 없고, 그렇다면 서울로? 서울도 내가 갈 곳은 아니지. 이런저런 생각에 잠은 멀리 달아나버려 방문을 열고 절 마당으로 나갔다. 하늘에는 반짝이는 별이 한가득 있었다. 별이 큰 산 밑에서는 주먹보다 더 크다는 것을 그 밤에 알았다. '별빛은 빛나는데, 내 마음은 왜 이리 어둡지.' 나에게 물어도 나는 해답을 제시할 수 없었다.

반짝이는 별빛 사이로 한 무리의 구름이 지나가고, 그 밤도 덩달아 어디론가 흘러갔다. 그때 바람이 내 뺨을 스치고 지나가며 속삭였다.

"너무 걱정하지 마. 길은 어딘가로 이어질 거야."

암자에서 보낸 밤은 그렇게 지나갔다.

다음 날 아침, 암자를 나올 때 스님은 먼발치에서 나를 안쓰럽게 바라보고 있었다. 스님의 눈빛이 지금도 선명하게 남아 있는 것은 무슨 연유일까? 하지만 세상의 물정은커녕 세상을 살아가는 방법도 모르며, 갈 곳도 없는 어린 나에게 스님의 말은 너무 가혹했다. 스님의 말에 어린 영혼은 상처와 절망이 뒤범벅된 채로 절을 나설 수밖에 없었다.

나의 행자行者 아닌 행자. 나의 스님 아닌 스님 생활은 그렇게 끝이 났다. "때가 사람을 모르니 사람이 때를 따를 리 없다. 사람이 때를 모르니 때가 사람을 따를 리 없다."라고 노래한 정현종의 시구처럼 그때나 지금이나 내가 속세를 떠나 중이 될 운명은 아니었던 모양이다. 하지만 그때 그 절망 속에 가깝지도 않지만 그리 멀다고도 할 수 없는 화엄사에서 구례구역까지 걸어 나오면서 나는 '인생이란 예기치 않은 일들로 가득 차 있는 것인지도 모른다.'라는 생각을 하며 터덜터덜 걸어 나왔다.

그리고 여수에서 난생처음 바다를 봤고, 밤배 타고 부산으로, 부산에서 울산 거쳐 경주로, 대구로 방황하고 떠돌다가 집으로 돌아간 것은 오랜 시간이 지난 뒤였다. 한 나라의 역사나 개인의 역사에도 가정이 없는 것이라지만 가끔 그때의 일들이 떠오를 때가 있다. 그 때 내가 행자 생활을 무사히 끝내고 스님이 되었더라면 지금쯤 어떤 모습으로 살고 있을까? 내 성격을 놓고 유추해보면, 성격이 맹목적이거나 단순하지가 않은 성격 때문에 깨달음도 쉽지 않았을 것이다. 더구나 복잡미묘한(아부도 잘하고 남의 비위도 잘 맞추고) 것을 잘 해야 하는데, 그렇지 못한 나는 작은 절에 주지 자리 하나 꿰차지 못하고 이 절 저 절을 방랑하고 있을 것이 틀림없다.

그런데 지금의 나는 어떤가? 어린 날처럼 흐르는 구름과 스치고 지나가는 바람을 맞으며, 온 산천을 운수납자雲水衲子처럼 떠돌며 살고 있다. 그것을 보면 스님 팔자나 지금의 내 팔자나 거의 비슷한 것 같다. 일 년의 반 정도를 이곳저곳, 이 길 저 길을 떠돌며 보내는 내 생활은 언제쯤 끝나 영원의 쉼터로 들어갈 것인가?

지금도 새벽녘에 기억의 저편에서 절에서 들었던 육중하면서도 나지막한 새벽 종소리가 들린다.

"덩- 너 누구냐?"

"덩- 너 어디 있느냐?"

구층암의 모과나무 기둥이 있는 어느 방에서 그 시절을 보냈을 것인데, 이 방 같기도 하고, 저 방 같기도 해서 가만히 차 한잔 마시고 돌아온 구층암.

내가 제주에서 사랑했던 음악들

집에서 〈복면가왕〉을 보다가 '주윤발'이라는 친구의 〈스물다섯, 스물하나〉라는 노래를 듣다 보니 그 나이 내가 어디 있었나 떠올렸다. 그래, 제주에 있었구나. 그 시절이 문득 그리움처럼 떠올랐다.

1978년 2월, 33개월 15일의 군대 생활을 마친 후 이어도 찾아 떠나서 정착했던 곳이 제주도였다. 신제주에 자리를 잡은 뒤, 매주 찾아오는 토요일은 내게 아주 특별한 날이었다. 일요일만 제외하고 매일 죽기 살기로 노동에 전념했지만, 토요일 저녁과 일요일은 가능한 쉬었다. 군대에서 몸에 밴 주일 개념 때문이었을 것이다.

토요일 저녁, 서점에 나가 몇 권의 책을 사고 지금은 사라진 이도백화점에 나가 클래식 음반을 샀다. 그곳에 없는 음반은 주문해서 그다음 토요일에 받는 재미, 그 재미가 아주 쏠쏠했다. 금요일 오후부터 가슴이 설렜다. 그토록 가슴이 두근두

근 설렜던 이유는 일하면서 느낄 수 없는 기다림이 있었기 때문이다.

제일 처음 주문했던 음반은 슈베르트의 현악 사중주곡 〈죽음과 소녀〉와 베토벤의 교향곡 제3번 〈영웅 교향곡〉이다. 수당을 받고 전축과 라디오부터 샀다. 비싼 것은 아니었지만 그래도 집에서 쉬는 시간에 음악을 듣고, 작업장에서 에프엠 방송을 듣기 위해서였다.

음악을 고르는 방법도 특이한 편이었다. 대부분 클래식 소품(길이가 짧은 가벼운 형식의 곡)을 먼저 듣고 협주곡이나 교향곡으로 옮겨가는 것이 정석이었다. 그러나 나는 어려운 교향곡들을 먼저 섭렵하고, 협주곡과 소나타를 듣고, 소품으로 이어졌다. 베토벤의 교향곡 1번에서 9번까지, 브람스의 교향곡 1번에서 4번까지, 브람스의 피아노 협주곡 1번과 2번을 즐겨 들었다. 그러나 뭐니 뭐니 해도 내가 가장 좋아했던 음악은 레퀴엠 즉 장송곡이었다. 모르긴 몰라도 당시 출시되었던 레퀴엠은 다 모았을 것이다.

주문한 음반들을 두세 장 사서 집으로 돌아갈 때의 그 느낌. 어서 듣고 싶은데 버스는 내 마음은 아랑곳하지 않고 이곳저곳을 정차했다. 도착하자마자 부리나케 뛰어가서 음반을 턴테이블에 걸고 꿈을 꾸듯이 음악을 들었다. 매일 새벽에 일어나일 나가기 전까지 장송곡을 들으면 소용돌이치던 감정들이 어느새 잔물결처럼 잔잔해졌다. 이런 기억은 제주도에서의 가장 기쁘고 즐거웠던 일이었다.

그때 샀던 음반이 줄잡아 약 600장 정도는 됐을 건데, 그때 성음(클래식 음반사)에서 나온 음반이 대략 1,300원에서 1,500원으로 올랐다. 그제야 돈이 왜 필요한가를 조금씩 깨닫기 시작했다. 내가 번 돈으로 내가 좋아하는 것을 사서 즐길 수 있다는 것이 얼마나 소중한가를 알게 된 것이다.

1979년 10월 27일 이른 새벽이었다. 그날도 다른 날과 다름없이 새벽에 일어나 옆에서 자는 사람들을 깨울세라 조용히 음악을 들었다. 아침이 밝아오고 건축 공사장에서 벽돌을 지어 올리다가 라디오를 켰다. 그 시간은 분명히 뉴스 시간이었는데, 내가 좋아하는 낯익은 음악이 해설도 없이 흐르고 있었다. 슈베르트의 현악 사중주곡 〈죽음과 소녀〉였다. 잔잔하면서도 모든 것을 체념해버린 듯한, 그러면서도 격렬한 흐느낌 같은 제2악장이 흘러나오고 있었다. 아침부터 라디오에서 왜 이런 음악이 나오는지 의아했다. 이어 모차르트의 〈레퀴엠〉이 흘러나왔고 계속해서 낮고 우울한 음악들이 이어졌다. 두 시간이 지난 오전 10시 무렵 이유가 밝혀졌다. 박정희 대통령이 중앙정보부장 김재규의 총탄을 맞고 세상을 떠난 것이었다. 그날부터 열흘간 국장 기간 내내 라디오나 텔레비전에서는 어느 채널이건 슬프디슬픈 음악이 흘렀다.

1979년 11월 초, 지금은 사라진 조선총독부 건물 즉 중앙청 앞에서 장례식이 진행되었다. 오래전 일이라 내 기억이 확실하다고 장담할 수는 없지만, 지금은 사라진 옛 중앙청 앞에서 장례식이 거행된 것으로 기억된다. 장례식 내내 베토벤의 교향곡 제3번 〈영웅〉이 계속되었다. 베토벤은 나폴레옹의 영웅적인 자태를 찬미하기 위해 작곡하였으나 나폴레옹이 황제에 오르자 분노하였다. 그러고 17년 후 나폴레옹이 유배지에서 쓸쓸하게 죽었다는 보도를 듣고 "결말에 적절한 음악을 써두었다."라고 말했다는 일화를 가진 곡이 〈영웅〉이다.

거리를 가득 메우고 있던 사람들이 손수건으로 눈물을 찍어내는 가운데 슈베르트의 〈죽음과 소녀〉가 배턴을 이어받았다. 그때 나도 덩달아 처연해져 눈물을 흘리고 말았다. 그 눈물은 박정희의 죽음에서 연유한 것이 아니라, 우주의 거역할 수 없는 섭리에 나 역시 순응해야 하는 운명을 깨달았기 때문이다.

그렇다. 삶과 죽음은 가깝게 있고 우리 모두 죽는다. 이처럼 장엄한 행사장 안에서 수많은 사람의 오열과 장송곡이 울려 퍼지는 가운데 생애를 마감하는 사람도 있지만, 어느 한 사람 지켜보는 이 없이 홀로 쓸쓸히 자연으로 돌아가는 사람도 있다. 나는 장송곡들을 들으면서 자연스레 죽음을 생각했다. 죽음은 도처에 있고, 매 순간 우리 곁에 있다. 죽음의 비밀을 알게 될 때 죽음에서 자유롭게 된다.

하여간 나는 1979년 10월 27일 아침부터 11월 초까지 국장 기간 내내 방송을 수놓았던 음악들에 심취했었고, 죽음을 다시 생각하기도 했다.

유격장에서의 추억

내 인생에서 잊을 수 없는 시절은 군대 생활이다. 33개월 15일의 군대 생활은 나에겐 대학이나 마찬가지였다. 회고해보면 그중에서도 압권은 유격 훈련이었다. 사회에서도 별다른 운동을 해본 일이 없는 내게 일 년 중 가장 두려워하면서 피하고 싶었던 날이 바로 유격 훈련이었다.

우리 부대가 유격 훈련을 해야 하는 기간이 다가오면 대부분의 부대원은 어떻게 하면 빠질 수 있을까 고민했다. 그러나 운좋게 휴가를 가는 사람 외에는 빠질 수 없었다. 유격장에 가면 계급도 상급자도 없다. 모든 사람이 다 몇 번 올빼미였다.

가열찬 PT 체조(육체 훈련 체조)와 유격 훈련도 훈련이지만 끊임없이 반복되는 구보도 만만치 않았다. “유격, 유격” 하면서 뛰다가 보면 어느새 “죽어, 죽어”로 변하던 구호 소리. 유격의 하이라이트는 뭐니 뭐니 해도 넓은 저수지로 뛰어내리는 하강 코스였다.

나같이 수영을 못하는 사람은 말 그대로 죽을 맛이었다. 하지만 누구도 피할 수 없었다. 그런데 오늘은 다 모이라고 하더니 수영을 못하는 사람들은 잘못하면 사고를 당할 우려가 있으니, 하루 종일 PT 체조로 대치하겠다는 것이다.

수영을 못하는 사람은 의외로 많았다. 3분의 1 정도가 오전 내내 죽기 살기로 PT 체조를 했는데, 주력군이 다 끝내자 조교들이 불러 모으는 것이었다.

"자, 여러분들은 수영을 못하니까 떨어질 때 애인 이름을 부르는 것이 아니고 '맥주병, 맥주병!' 하고 떨어진다. 그러면 물속에서 구해줄 것이다. 단 물속 깊이 들어가면 양손을 벌리고 허우적거리면 물 위로 뜰 수 있다."

이게 무슨 날벼락인가. 하강을 피하기 위해 오전 내내 PT 체조로 버텼는데, 물에 빠지면 떠오르는 방법을 알려주는 것이었다.

내 차례가 다가오고, 지옥의 아가미처럼 푸르게 입을 벌리고 있는 저수지를 향해 줄을 잡고 내려가면서 맥주병을 두세 번 외쳤을까? 저수지 가장 밑바닥으로 들어가고 말았다. 당황한 내가 허우적거리다 보니 물 위에 떠올랐다. 바로 위에 조교들이 탄 배가 보였다. '살았구나!' 하고 안도의 한숨을 쉬는 것도 잠시, 조교들이 "이런 수영도 못하는 놈 봐라." 하고는 나를 다시 물속으로 들이미는 것이었다. 얼마나 물을 먹었는지, 몇 번 들어갔다 나오기를 반복한 후에야 보트에 태웠다.

그런데 그것이 끝이 아니었다. 땅 위로 올라가자 우리를 기다린 것은 대형 뻘밭이었다. 수영을 못한 죄로 뻘밭에 들어가 두어 시간을 낮은 포복, 높은 포복으로 철조망을 통과했더니 눈만 빼놓고는 새카매지고, 온몸은 파김치처럼 축 늘어졌다. 그렇게 유격을 세 차례나 받고서야 유격이 두렵지 않은 대한민국 국군이 되어 있었다.

유격 훈련 중에 모처럼 한나절 부대원들만의 시간이 있었다. 포대 부관이 백여 명쯤 우리 부대원들을 데리고 한적한 산자락으로 갔다. 뭐가 즐거운지 싱글벙글하더니 우리에게 가곡을 가르쳐주겠다는 것이었다.

나야 원래 가곡을 좋아했으니 지겨운 유격을 안 받고 가곡을 배우겠다는데 얼마나 다행스러운 일인가? 그런데 느닷없이 우리에게 옷을 다 벗으라는 것이었다. 자연 속에서 자연이 되어 자연과 같은 우리 가곡을 배우자는 것이었다. 자신은 안 벗고 우리들만 벗으라니, 상관의 말을 거역할 수도 없어 주저주저하는데 몇 사람이 옷을 벗자 너도 나도 옷을 다 벗는 것이었다. 할 수 없이 다 벗고 사열 종대로 섰다. 부관의 말이 이어졌다.

"반동 준비, 지금부터 나를 따라 노래를 배운다."

"초연이 쓸고 간 깊은 계곡, 깊은 계곡, 양지 녘에 비바람 긴 세월로 이름 모를, 이름 모를 비목이여."

〈비목〉을 백여 명의 젊은 시내들이 발가벗고 좌우로 몸을 흔들며 배우고 있으니 처음엔 부끄럽고 슬펐지만, 나중엔 서로를 보며 웃었다. 우리는 네 시간 동안이나 노래를 불렀다. 지금 같아서는 당장 성희롱 죄로 걸려야 할 일이겠지만, 그런 일이 묵인되고 자행되던 때가 1970년대 말 대한민국 군대였다.

"나는 수풀 우거진 청산에 살으리라. 나의 마음 푸르러 청산에 살으리라."

그렇게 〈청산에 살리라〉를 부르던 전라의 청년들은 지금쯤 어떤 모습으로 변모해서 살고 있을까?

말조차 할 수 없던 자의 슬픔

말을 하고 싶어도 할 수 없는 상황이 있다. 입만 열면 되는데, 그럴 수 없는 상황. 가슴 깊이 열불이 나도 참을 수밖에 없는 상황. 그때를 오래 보내고서야 말하는 것은 나의 비겁함인가, 나의 옹졸함인가?

1981년 9월, 생지옥 같았던 그곳에서 돌아온 뒤 며칠 동안을 혼돈 속에서 내가 나를 잊은 채, 아니 억지로 잊은 것처럼 보냈다. 그 후로도 나는 몇 개월 동안 그때를 생각하며 몸서리쳤고 절망의 늪에서 빠져나오지 못했다. 꿈속에서 나는 취조를 받고 고문을 받다가 소스라쳐 깨어났고, 땀으로 범벅이 된 몸으로 긴긴밤을 지새우기도 했다.

그들은 왜 나와 동생을 끌고 갔을까? 지금 돌이켜 생각해보면 제주도에서 같이 노동을 했었고, 같이 카페를 열었기 때문에 아마도 '국가보안법'으로 엮은 뒤 학생 몇몇을 끌어들여서 '형제 간첩단' 사건으로 엮고자 했을 것이다.

"너 간첩이지? 제주 서부두에서 밤배 타고 평양에 가서 김일성에게서 돈 받아 가지고 왔지?"

"아닙니다."

"아니긴 뭐가 아냐?"

생각만 해도 끔찍하지만, 그들이 나와 동생을 간첩으로 몰아버린 뒤 전북대학교 학생들 몇몇과 제주도에서 만났던 몇 사람을 엮을 수도 있었을 것이다. '가난한 두 형제, 신정일과 신 아무개가 제주도에서 간첩들에게 포섭되어 북한으로 가서 김일성을 만나 어마어마한 자금을 지원받고 전북대학교를 중심으로 간첩 활동을 하다가 일망타진되었다'라고 내 얼굴과 주모자들의 얼굴이 대문짝만하게 신문과 방송을 통해 보도됐을 수도 있었다. 이 얼마나 황당한 일인가? 그런데 아무리 전북대를 중심으로 형제 간첩단 사건을 엮고자 해도 엮을 수가 없어 무고로 붙잡혀 갔음이 밝혀지자 나와 동생을 풀어준 것이었다. 그들은 나를 불법으로 체포해 가면서도 체포 영장도 보이지 않았고, 그들은 나에게 그곳이 어떤 곳이라고도 말하지 않았다.

"너 여기서 죽어 나가도 아무도 몰라. 너 여기서 죽으면 어떻게 되는지 알아?"

그 말이 얼마나 무서운 말이었는지 그곳을 다녀온 뒤에야 실감할 수 있었다. 가끔 저수지에서 돌을 매단 채 죽은 시체가 올라오기도 하고, 한밤에 철길에서 행려병자처럼 신분증도 없이 시체로 나타날 수도 있다는 사실. 그 사실을 뒤늦게야 알고, 그들의 말이 나를 협박하기 위한 엄포만이 아니었음을 알고 가슴이 덜컥 내려앉는 듯했다. 그곳에서 돌아온 뒤 우리는 한 번도 그 일을 말하지 않았다, 상처를 들쑤셔 다시 상처를 입지 않기 위한 자구책이었다고 할까? 얼마 전에 그때의 상황을 동생에게 물었다.

"너는 어쨌니?"

"형님, 그때 제가 많이 아팠잖아요. 약을 사다가 주면서까지 취조와 고문이 멈추지 않아 쌩똥(산똥)을 쌌잖아요."

그 말을 듣는 순간, 어찌나 가슴이 먹먹하면서 눈물이 솟구치던지. 지금까지 내가 몰랐던 그때 그 일, 내 옆방에서 들리던 울부짖음이나 간헐적으로 들리던 신음 소리가 동생이 내지르던 소리였을지도 모른다. 나는 독한 인간이라서 쌩똥도 싸지 않고 버텼는데, 동생은 아픈 가운데에서 모진 고문을 받으며 생사의 고비를 넘나들었던 것이다.

인간은 어쩌면 모두 이방인인지도 모른다. 가장 가까운 사람이 옆방에서 아파도 알지 못하고, 울고 있거나 죽어 나가도 전혀 알지 못한다. 동생이 내 뒤를 따라서 끌려오리라는 생각은 전혀 못했기 때문에 신음 소리를 꿈속에서도 동생의 것이라고 생각하지 않았던 것이다.

그렇다면 인간이 아는 것은 무엇인가? 아무것도 없다. 아무리 가까운 사람이 곤경에 처해도 곁에서 도와줄 것이 아무것도 없다는 것, 그것뿐이다. 어쩌면 그들은 나와 동생을 희생양으로 삼고자 했는지도 모른다. 아니 그랬다.

나중에 알려진 바지만 소설가 한수산과 시인 박정만은 중앙일보에 연재하던 「욕망의 거리」 때문에 서울의 보안사에 끌려가 나하고 비슷한 취조와 고문을 받았다. 또한 부산에서 사회과학 독서모임을 하던 학생과 교사, 회사원 등이 당시 불온서적을 학습했다는 이유로 영장도 없이 체포되어 모진 고문과 협박을 받은 뒤 기소한 부산 지역 최대 용공조작사건인 부림사건이 만들어진 것은 그해 9월이었다.

그들은 그해 9월에 끌려가 고문을 받았고, 그 재판의 변호인이 바로 노무현 변호사였다. 그가 훗날 대통령이 되었는데, 나는 그들보다 열흘쯤 빨리 끌려갔던 것이다. 지금 생각해보면 나하고 동생이 겪은 것과 똑같은 부림사건 같은 일들이 나라 곳곳에서 많이 진행되고 있었을 것이다.

나야말로 얼마나 황당한 일인가? 대학을 다닌 것도 아니고, 민주화 운동을 한 것도 아닌 내가 그런 일을 겪을 것을 누가 알았겠는가? 그러나 나는 그때 그 일을 누구에게도 말할 수가 없었다. 더군다나 나와 동생은 그들에게 기소도 되지 않아 재판도 받지 않았다. 그래서 세상 어떤 사람들도 알지 못한 채 묻혀버린 사건이라서 변호인도 필요치 않았다. 그래서 언론에도 보도되지 않은 사건이었다.

그때 나 역시 물고문으로 죽을 수도 있었는데, 아직도 내가 이 지상에서 해야 할 일이 있어서 그랬는지 천우신조로 풀려나 이렇게 후일담을 쓰고 있다. 자술서를 다 쓰고 나올 때 "죽는 날까지 이곳에 왔었다는 사실을 알려선 안 된다"라는 서약서까지 쓰고 나왔었다. 그때가 1981년 9월, 엄혹했던 전두환 정권 초기에 누구에게 그 사실을 알릴 것인가?

그 뒤 1980년대 중반 학생운동이 정점으로 치달을 때, 수많은 학생이 며칠씩 경찰서에서 집시법(집회및시위에관한법률) 위반으로 구류를 살고 나오기도 하고, 감옥을 다녀오기도 했다. 그들이 그곳에서 보낸 나날을 나라를 구한 것처럼, 또는 큰 싸움터에서 큰 전공이나 세운 것처럼 무용담을 이야기할 때에도 나는 가만히 듣고 있을 수밖에 없었다.

입이 있어도 말을 못하기 때문에 그저 잊고자 했던 슬픈 세월이었다. 이렇게 살아 있는 것만도 용한 긴 세월이었다. 그렇게 험난한 세월을 보냈는데도 나는 엄청난 일을 잊고 살았다. 아니 잊으려고 노력했기 때문에 잊었을 것이다.

당시 내가 운영하는 카페 '당신들의 천국'에 자주 들렀던 시인 이광웅(오송회 사건) 선생님에게, 시인캠프나 문학기행을 통해서 만났던 김남주 시인이나 김준태 시인, 김용택 시인이나 도종환 시인, 오래 여러 곳을 다니며 편지를 주고받았던 김지하 시인에게도 그때 그 일을 이야기할 수가 없었다.

내 나이는 엄청난 충격을 감당하기에는 너무 젊었다. 그럼에도 불구하고, 그때 겪은 그 일들을 가슴 깊숙이 숨겨놓고, 아니 묻어놓은 채 살았다. 그 외에 다른 이유는 없었을까?

'그대가 입 밖에 내는 말이 침묵보다 더 아름다운 것이 아니거든 말을 하지 말라'라고 말한 수피교 사람들의 말을 신뢰했었고, '보고 듣고 침묵하라. 그러지 아니하면 삶의 쓴맛을 보게 되리라'라는 스페인의 속담이 옳다고 여겼다. 연약한 머리를 망치나 도끼로 두드려 맞은 것 같은, 아니 큰 산이 나를 향해 우르르 덮어버린 듯한 충격이었다.

모골毛骨이 송연하고 몸서리치는 사건을 겪고 집으로 돌아가니 집안 사람들이 경찰청이나 기무사를 비롯해서 갈 만한 곳은 다 찾아봤다고 했다. 하지만 도저히 행방을 알 수가 없었다고 한다. 친척들이 지상에서 나를 찾고 있는 동안 나는 안기부(국가안전기획부) 지하실에서 실오라기 하나 걸치지 않고 취조와 고문을 받고 있다는 것을 미루어 짐작이나 했을까?

지상과 지하, 그 사이에는 무엇이 존재하는 것일까? 있음과 없음, 존재와 무無, 어느 것이 맞을지는 모른다. 중요한 것은 그 이후부터의 삶은 다 덤일지도 모른다는 생각을 잠시나마 했다는 사실이다.

시간은 흘러 과거가 되고, 현재가 되었다. 나는 앞을 내다볼 수도, 뒤를 돌아볼 수도 없는 그 시간을 견디고 안기부에서 벗어나 지금 이곳에 있다. 모든 것이 시간이 빚어낸 이야기이고, 그 시간 속의 주인공이 바로 나였으며, 나는 살아 있다.

지금, 지금까지도.

그해 겨울의
합창 교향곡

아버지를 생각하다 보면 아버지와 나는 어디 한 군데도 '관광'이라는 명목으로 함께 집을 나서본 적이 없다. 고향에서 가까운 마이산도 같이 안 갔고, 가까운 절은커녕 유원지도 안 갔다. 유람의 일종이라고 볼 수 있다면 청소년 시절 아버지를 따라 산에 약초를 캐러 다닐 때의 일밖에 없다. 그때도 아버지와 나는 말을 많이 하지 않았다. 그러다 보니 아버지와 긴 이야기를 나눈 적도 없이 '소가 닭 보듯, 닭이 소 보듯' 그렇게 무심히 바라보기만 했던 부자지간이었다. 언제부터인진 모르겠으나 아버지와 나 사이에는 뭐라 설명할 수 없는 거리감이 있던 것 같다.

그런 아버지와 화해하기도 전에 아버지는 이미 세상을 정리하고 계셨다. 폐결핵과 간경화 합병증 등의 오랜 병마로부터 당신을 지켜내지 못하고 있었으며, 우리 자식들조차 아버지를 병마에서 일으켜 세울 능력도 없었다. 설혹 어디서 기적적으로 병원비 문제가 해결된다 해도 이미 병세가 너무 깊어 더는 되돌릴 수 없는 지경에 와있다는 것을 모두가 인정하지 않을 수 없었다.

아버지와 내가 화해라면 화해고, 하나의 공동 운명체로 인정하게 된 것은 1981년 12월 31일 새벽이었다. 누구에게나 아무리 오랜 세월이 흘러도 그 순간만 떠올리면 잊히지 않고 되살아나는 슬픈 장면이 있을 것이다. 아무리 행복한 삶을 살았던 사람이라도, 또는 세상을 달관한 듯이 산 사람이라도 슬픔의 기억이 한두 가지쯤은 있다.

1981년 여름, 나는 국정원으로 이름이 바뀐 안기부에 끌려갔었다. 후에 그 사실을 아신 아버지는 내가 하루만 집에 안 가도 저녁 내내 잠을 못 이루셨다. 겨울에 접어들면서 몇 년 동안의 병마에 지쳐 쇠잔해버린 아버지는 하루가 다르게 수척해지고 있었다.

그 무렵 하던 사업은 거의 문을 닫을 형편이라 저녁에 임실에 있는 집으로 돌아갔다가 아침 일찍 전주를 올라오는 나날의 반복이었다. 그때 나는 절망 속에서 그저 허우적대고만 있었다.

한 해가 저물어가는 12월 28일이던가, 아버지가 나를 불렀다.

"정일아, 소주 한 잔만 마시고 싶구나."

예상치 않았던 아버지의 말이었다. '간경화에는 술이 안 좋은데' 하는 생각이 들었지만, 아버지의 말씀을 거역할 수가 없었다. 들어오는 길에 소주 한 병을 사와 따라드리니 한 잔도 못 드시고 "못 먹겠구나." 하셨다.

그 다음날인 29일은 내 생일이었다. 아버지가 위독해지기도 했지만 어머니도 마음이 심란하셨는지 내 생일조차 잊어 아침상엔 미역국도 없었다. 그런 상황 속에서 내 생일이라고 말할 수도 없어서 밥을 뜨는 둥 마는 둥하고 있는데, 고등학교에 다니는 여동생이 한마디하는 것이었다.

"아버지, 나 꿨는데 이빨이 우수수 다 빠져버렸어."

"그래. 나 죽을랑갑다."

아버지의 힘없는 말씀에 당황한 어머니가 한마디 거들었다.

"아니, 그런 꿈은 아주 재수 좋은 꿈이라더라."

아버지는 더 이상 말씀이 없으셨다. 12월 30일 아침 7시쯤, 토방에서 신발을 신고 있는데 아버지의 기어드는 목소리가 들렸다.

"정일아, 오늘은 빨리 돌아오너라."

나는 그 말을 못 들은 채 신발만 신고 있었다. 아버지의 목소리가 다시 들렸다.

"정일아, 오늘은 빨리 돌아오너라."

집을 나서며 나는 예감했다. 오늘 아버지에게 무슨 일이 있겠다고 생각했다. 하지만 나는 건성으로 "예." 하고서 집을 뛰쳐나왔다. 그날따라 통학 열차의 경적 소리가 왜 그리 서글프게 들렸는지 모른다. 거리는 송년 준비로 떠들썩했지만 내 마음은 어수선하고 불안하기만 했다.

하루 종일 가게에서 죽음에 관한 음악만 들었다. 이상한 것은 그날 집에 간다는 사실 자체가 어찌나 싫던지, 집에 갈 시간이 되어도 음악을 끄기 싫었다. 동생에게 "네가 오늘 하루만 갔다 오거라." 하고 말했지만, 동생은 막무가내로 안 간다고 하는 것이었다. 미적거리다가 겨우 막차를 타고 집에 도착한 시간은 10시를 넘겨서였다. 내일 아침 통학차 탈 돈을 남기자 아버지가 좋아하시는 귤 세 개 살 돈만 남았다. 겨우 세 개를 사서 뛰어가다시피 집에 들어섰다. 근심이 가득한 얼굴로 어머니가 말씀하셨다.

"이제 막 잠드셨다. 너 안 왔냐고 자꾸 찾더구먼."

그때 흑백 텔레비전에서 금난새가 지휘하는 송년 음악회가 시작되고 있었다. 베토벤의 교향곡 제9번 〈합창〉의 선율이 아버지의 잦아드는 숨소리밖에 없는 밤의 적막을 지우고 있었다. 내가 아버지의 손을 부여잡자, "이제야 네가 왔구나." 하고 눈을 뜨셨다. 나는 아버지를 부축해 앉게 한 뒤 사 온 귤을 까서

드렸다. 한 쪽을 겨우 드시고 조용히 말하셨다.

"눕고 싶다."

그 말씀이 아버지가 이 세상에서 남긴 마지막 말이었다. 아버지가 다시 혼수상태에 빠져드는 시간에 텔레비전에서 마지막 악장인 〈환희의 송가〉가 울려 퍼졌다. 나는 그때 깨달았다. 온갖 고난과 절망의 질곡 속에 사셨던 우리 아버지가 고통의 세월을 거두시고 환희의 세상으로 가시고 있구나. 아름다움이라는 것은 오직 크나큰 상처를 통해서만 우리 내부로 들어올 수 있다는 말이 맞는 듯싶다.

아버지는 나에게 어떤 존재인가? 나를 태어나게 했으니 내가 어려울 때마다 다독여주고, 힘을 주어야 하는 존재가 아니던가? 그러나 아버지는 그런 사람이 아니었다. 어머니가 행상으로 겨우 마련한 내 중학교 등록금을 두 번씩이나 노름판에서 날려 결국 나는 어린 날의 꿈을 접고 험난한 세상의 파고 속을 헤쳐나갈 수밖에 없었다. 그것이 내게는 앙금으로 남아 있어서 그랬는지, 아니면 그럴 기회가 없었는지 몰라도 아버지와 한 번도 속 터놓고 대화를 나눈 적이 없다. 건강하실 때 술 한잔 따라드리지도 못한 아버지. 가슴 속에 차곡차곡 쌓아두었던 몇 마디 말들을 속 시원하게 하지도 못한 채 아버지가 이 세상의 마지막 순간을 맞고 계셨다.

그 순간, 내가 아버지와 화해를 하고 있다고 느꼈다. 내 유년 시절부터 청소년기를 지날 무렵까지 아버지와 함께 했던 모든 순간이 파노라마처럼 스치고 지나갔다. 그리고 내 가슴 깊숙한 곳에서 설명할 수 없는 슬픔이 파도가 덮쳐오듯 복받쳤다. "마침내 고통은 간신히 울음에 길을 터준다."라고 노래했던 베르길리우스의 시구처럼 나는 참고 참았던 울음을 터뜨리고 말았다.

"아버지!"

힘들었던 세월이 어제 같은데, 벌써 30여 년의 세월이 훌쩍 지났다. 그런데도 베토벤의 〈합창〉을 들을 때마다 그날이 생각난다. 나이가 들었음에도 불구하고 애잔하게 밀려오는 슬픔에 눈자위가 붉어지는 것은 어쩔 수가 없다.

"기쁨에 대한 추억은 이제 기쁨이 아니다. 하지만 슬픔에 대한 추억은 언제나 슬픔이다."라는 시인 바이런의 말처럼 정녕 슬픔의 기억은 언제까지고 지워지지 않는 것인가 보다.

다음 날 새벽 흰 눈이 펑펑 쏟아질 때 아버지는 결국 이 세상과의 인연을 끊고 먼 나라로 가셨다. 당시만 하더라도 집에 전화가 없던 시절이라 전화가 있는 집에 가서 친척들과 동생들에게 아버지의 별세 소식을 전했다. 그런데 세상을 살면서 가장 난처한 상황이 닥쳤다. 아버지가 돌아가신 것에 대해 슬

피할 새도 없이 가장 선행되어야 할 장례를 치러야 하는데, 장례 치를 돈조차 없는 한심한 일이 닥친 것이다. 곰곰이 생각하다가 아버지가 저축했던 신용협동조합이 생각났다.

그날 새벽이 지나고 아침이 뿌옇게 밝아오는데 집을 나서자 웬 눈이 그리도 펑펑 내리던지. 아버지 장례 치를 돈을 빌리러 마을 전체가 눈으로 덮인 길을 걷던 그날. 그 길에서 어디로 가야할지 물었지만 아무 대답이 없었다.

2장

모든 것이

행복이다

나는 오늘도 내일도 걸을 것이다
이것이 지금 내 마음이다

바람에 떨어지는 꽃잎을 안주 삼아

촉나라 때 사람인 범진范鎭이 허하許下에 살 때 집 근처에다 큰 집을 짓고 장소당이라 이름을 지었다. 앞에는 차를 마시는 곳이 있는데 그 크기가 손님 수십 명을 수용할 수 있었다. 매년 늦봄 꽃이 만발할 때 그 아래에서 손님들에게 잔치를 베풀면서 약속하기를, "만일 꽃잎이 술잔 가운데 떨어진 사람은 대백(술잔의 이름)으로 한 잔씩 마셔야 합니다." 했다.

술잔을 들고 담소하는 사이에 미풍이 스치고 지나가면 그 자리에 참석한 모든 사람의 잔에 빠짐없이 꽃잎이 떨어졌다. 그래서 당시 사람들이 이 모임을 두고 비영회飛英會라고 불렀는데, 그 모임이 사방에 널리 전해져서 아름다운 이야기로 남아 있다.

내가 사는 게 좀스러워서 그런지, 남들과 어울리지를 못해서 그런지 이유는 잘 모르지만 제법 살았는데도 어디 변변한 모임 하나 없다. 어떤 사람은 여행계 같은 모임을 십여 개씩 든다는데 나는 '우리 땅 걷기' 외에 어디 하나도 들지 않아서 홀가분하지만, 어떤 때는 섭섭하기도 하다.

그러다 여러 사람과 의기투합해서 모임을 하나 결성했다. 매월 음력 초사흘 저녁에 만나서 근처의 맛있는 음식을 먹으며 담소를 나누는 초사흘 모임을 가진 것이다. 얼마나 즐거운가? 마음에 맞는 사람들끼리 모여서 음식도 먹고 이야기의 꽃을 피우고, 밥값은 나온 만큼만 제각각 내고 헤어지는, 회장도 없고 구속력도 없는 모임. 그래서 대충 지은 이름이 '먹고 보자'라는 초사흘 모임이었다.

그러다 '먹고 보자'라는 이름이 조폭들의 모임이나 게걸스럽게 먹는 집단의 이름 같다고 해서 바꾼 게 이름의 앞뒤만 바꾼 '보고 먹자'이다. 꽃잎 지는 봄날, 술잔에 꽃잎을 안주 삼아 술을 마시는 모임인 비영회를 생각하니, 아무래도 초사흘 모임을 변화무쌍하게 바꿔야 할 것 같은데 좋은 생각이 안 떠올라 그만둔 적이 이미 오래다.

요즘은 코로나19로 세상이 뒤숭숭해 그런 생각을 하는 것조차 사치가 되었으니 이를 어쩐다. 모두가 손에 손잡고 자연을 마음 편히 걸으면서 조촐하지만 맛있는 음식을 나눠 먹으며 활짝 웃는 날이 어서 오면 좋겠다.

봄 바다에서의 명상

글은 써지지 않고, 이도 저도 안 되던 시절에 배를 탈까 싶었다. 허먼 멜빌의 소설 『모비딕』에서 에이허브 선장처럼 흰 향유고래를 찾아서가 아니고, 오직 푸른 파도에 온몸을 맡기고 큰 바다를 떠돌다 보면 이어도 같은 이상향이 보이지 않을까 싶었던 것이다. 소설 속에서 백경을 찾아 헤매는 에이허브 선장이 “이것은 잡을 수 없는 삶의 망상이다.”라고 말했던 것처럼 그 당시 나의 꿈들은 잡을 수 없는 신기루였는지도 모른다.

그러나 세상은 이렇게 저렇게 흘러 내 본래의 꿈을 허우적대며 따라가는 상황으로 전개되었다. 꿈꾸던 것이 하나하나 이루어진다는 것은 이루 말할 수 없는 기쁨이기도 하지만 다르게 생각해보면 가장 중요하게 여기던 어떤 것들이 소리도 없이 새어나가고 있다는 일종의 암시이기도 하다. 그 뒤로도 어딘가 빈 듯 가슴이 허전할 때마다 내 발길은 바다로 향했다. 바다는 모든 인간에게 있어서 모성적 상징 가운데 가장 크고 변하지 않는 것이라는 말은 진실이다. 바다는 타향을 헤매다 돌아온 자식처럼 다시 찾아간 나를 언제나 변함없이 맞아주었다.

정박한 몇 척의 배에 매달린 깃발들이 흔들리고, 내 마음도 흔들리고, 흔들리는 수평선 너머 우리가 알지 못할 세상도 흔들리고 있었다. 걸어가며 부르는 노랫가락도 흔들리고, 흔들리는 것들 외에 그 어떤 것도 정지되어 있는 것은 아무것도 없었다.

나는 사고를 시작하면서부터 흔들리는 것들을 사랑했는지 모른다. 그래서 수많은 길을 걸으며 '길을 잃었고, 길은 잃을수록 좋다'라는 하나의 명제를 터득했다. 길을 잃어야 새로운 길을 찾을 수 있다. 그래서 살아 있는 모든 것들은 흔들림 없이는 견고해지지 않는다는 이치를 깨달았기 때문이다.

바다가 보이는 산길을 걸었다. 바다 멀리 수평선을 넘어가는 한 척의 배, 그 사이에 일렁이는 물살이 마치 들녘에 어른거리는 아지랑이같이 보였다. 매 순간 쉬지 않고 밀려오고 밀려가는 파도의 움직임, 그 움직임을 따라 끝없이 변모해가며 파도는 포말을 일으켜 부서져 내리곤 했다.

나는 생각했다. 진리는 '변화'라고. 그렇다면 그 진리에 가장 합당한 것이 무엇일까? 항상 머물러 있지 않고 흔들리는 바다야말로 우리가 도달하기를 갈망하는 진리가 아닐까? 그러나 부조리하게도 사람들은 새로운 변화의 물결에 흔들리기를 원하지 않고 평온하게 머물러 있기를 좋아한다. 시인 알프레드 드 비니는 다음과 같이 말했다.

"우리가 사랑할 것은 영원한 것이 아니다. 우리가 사랑하여야 할 것은 지나가 버리는 것이다."

오고가는 것이 우주의 이치고, 그 이치에 따라 만물은 오고 다시 돌아간다. 곧이어 이 땅에 봄꽃들이 지고 또 다른 꽃들이 무리 지어 피어날 것이다. 그때 푸른 바다를 향해 달려가고 싶은 열망들이 모이고 모여, 모파상의 『여자의 일생』 중 한 구절이 툭 튀어나오지 않을까?

"오! 이처럼 바다가 보고 싶을까!"

여기저기 거닐다가 돌아와 생각하니

때는 봄이었다. 봄은 봄인데, 봄 같지 않은 봄. 여기저기 거닐다가 돌아와 생각하니 내 마음도 역시 봄은 봄인데, 봄이 아닌 그런 세월을 살았다는 것을 새삼 깨닫는다. 가난한 어린 시절 부모님과 떨어져 살면서 형성된 병. 애정결핍증, 대인기피증, 우울증과 문자중독증, 거기에다 더한 여러 가지 병이 내 삶의 온갖 것들을 이루고 있었다. 그 병환을 치유하기 위해 선택했던 것이 '걷기'였는지도 모른다.

"환자와 건강한 사람의 차이가 뭘까요? 환자는 침대에 누워 있고 건강한 사람은 자신의 두 발로 걸어 다니고 있는 걸까요? 맞는 말입니다. 그렇다면 환자와 건강한 사람의 차이는 '걷다'가 되는 것입니다. 환자는 걷지 못하고, 건강한 사람은 걷고 있다. 이 말은 곧, 계속 걸어가지 못하는 사람이 환자라는 것입니다. 인생에서 자신의 길을 중단한 사람이 곧 환자라는 이야기입니다. 시간이 없다, 돈이 없다는 이유로 잠시라도 그 걸음을 멈췄다면 그 사람의 인생은 지금 아파서 몸져누워 있다는 뜻입니다."

나이팅게일의 말이다. 나는 여러 가지 병을 앓고 있는 중환자이고, 그래서 수없이 자살을 꿈꾸었으면서도 실행하지 못하고 이렇게나마 근근이 나를 지탱해나가며 살고 있다. 살아 있는 것은 매주 '답사'라는 명목으로 걸었기 때문이다.

'내가 생각하는 나'와 '타인이 생각하는 나'는 전혀 별개라는 것을 알아가는 중이다. 아무도 나일 수 없고, 아무도 타자일 수 없다. 내가 나를 잘 모르면서 어찌 세상을 안다고 하며 내가 나 하나도 구하지 못하면서 어떻게 세상의 한 귀퉁이라도 구하겠다고 할 수 있을까.

그래서 가끔 살아온 세월이 부끄럽기도 하고, 쓸쓸하기도 해서 저녁 내내 잠을 설칠 때가 있다. 나는 안다. 나만 아픈 것이 아니라 세상의 모든 사람이 이런저런 이유로 아프다는 사실을. 환자가 아닌 듯싶지만 엄연한 환자고, 그것도 중증 환자라는 사실을.

어떻게 살아야 할까. 방법은 무엇일까? 아픈 몸이 아프지 않을 때까지 걷고 또 걷자. 이 방법 외엔 달리 방법이 없다는 사실이 슬프지만, 정답이라고 믿고 또 믿으며 나는 오늘도 내일도 걸을 것이다. 이것이 지금 내 마음이다. 삶이란 항상 미묘하다. 마음과는 달리 몸은 항상 다른 데를 지향한다. 한참 왔는가 싶어서 지나온 길을 뒤돌아보면 내가 떠나온 곳은 그리 먼 거리가 아니었다. 바람이 불면 바람이 부는 대로 눈이 내리면 눈이 내리는 대로 살리라 마음먹으면서도 매일매일 안달하며 살아온 세월이다. 그 세월이 아무것도 아니라는 것을 알고서 내 마음에게 말했다.

"여리고 여린 마음이여! 가고 싶은 곳으로 가라! 그렇게 등 떠밀어도 떠나지 않고서 어둠 내린 거리를 서성거리는 그림자 같은 내 마음이여!"

뒤돌아보니 때는 봄이다. 봄은 봄인데, 봄 같지 않은 봄, 아니 세상이 다 그렇다.

김영주 선생님의 별세 소식을 듣고

새벽에 일어나 김영주 선생님(김지하 시인의 아내)이 별세했다는 소식을 들었다. 멍했다. 찾아뵌 지가 지난해 겨울이었다. 원주 토지문화관에서 두 분 내외를 만나 여기저기 돌아다녔다.

"옛날에 같이 다니던 사람들은 요즘 자주 찾아와요?"

"아뇨? 아무도 연락조차 안 해요."

김지하 선생님은 아무 말씀도 않으셨고, 김영주 선생님이 대답하셨다. 쓸쓸하고 허전했다. 그때 고인은 허리 수술을 한 뒤끝이라서 거동이 불편하였고, 김지하 선생님도 투병 중이었다. 불편을 참으시며 두 분이 잘 가시는 식당에서 점심을 먹고, 돌아오면서 곧 찾아뵙겠다고 하고 돌아왔다.

"선생님 뵈러 자주 찾아와요."

고인이 나에게 마지막 남긴 말이었다. 그 뒤로 지인들을 데리고 가려고 했지만 바쁘다는 핑계로 다시 갈 수가 없었는데 돌아가셨다니. 지상에서의 약속은 얼마나 부질없는 일인가?

1994년 5월 목동의 파리공원에서 우연처럼 김지하 선생님을 만나, 1990년대 중반부터 김지하, 김영주 선생님과 함께 여기저기를 다녔었다.

"신형(동학에서는 존중하는 의미로 나이에 상관없이 형이라고 부름). 나 어디 가는데, 나랑 가지 않겠소."

김지하 선생님도 나도 운전을 못하기 때문에 김영주 선생님이 운전하는 차를 타고 돌아다녔었다. 대전으로, 해남으로, 고창으로, 금산사로, 선운사로 많이도 같이 다녔다.

언젠가 대전대 한의대에서 김지하 선생님이 강연을 하고 밖에서 기다리고 있을 때 김영주 선생님이 "선생님, 나 세 남자(아들 둘과 남편) 때문에 힘들어서 원주에 있는 어머니에게 가야겠어요." 하시면서 나에게 힘든 삶의 편린을 펼쳐놓으시던 때가 엊그제 같다.

2008년 5월, 그녀의 어머니인 박경리 선생님이 돌아가셔서 원주에 조문을 갔을 때도 그랬다. 둘째 아들과 함께 서있다가 나를 끌어안으시며 "신정일 선생님, 나 이제 고아가 되었어요." 하면서 설움에 겨운 눈물을 쏟으셨다. "사모님 이제 더 잘 사셔야 해요." 하고 나오면서 어찌나 가슴이 아프던지. 낳아주신 어머니가 돌아가시니 고아가 된 것 같다는 말은 나를 이 지상에 있게 한 첫 사람이 어머니이기 때문이 아닐까? 수줍게 세상에

펼쳐놓으시던 김영주 선생님의 미소를 이제 다시는 볼 수 없다는 사실이 슬프다.

김영주 선생님은 몸이 불편한 김지하 선생님을 두고 떠나기 힘들었을 것이다.

"자네가 내 딸 데려가게."

박경리 선생님의 말 한마디에 인연이 되어 함께 온갖 풍상을 다 겪으셨는데, 김지하 시인만 남고 홀로 왔던 곳으로 돌아가셨다. 생각해보면 인연이란 신기하다. 1994년 김개남 장군 추모비를 세우던 중 김남주 시인을 통해 신영복 선생님을 만났고, 신영복 선생님이 김지하 시인의 안부를 물은 뒤 10여 분 뒤에 우연인지, 필연인지 모를 기이한 인연으로 목동의 파리공원에서 김지하 시인을 만났다. 길고 긴 이야기 끝에 "오늘 저녁에 장모님과 통화해보시오. 장모님이 김개남 장군 팬이요." 하고서 나에게 박경리 선생님 전화번호를 줬다. 그날 저녁에 박경리 선생님과 긴 통화를 하였고, 이렇게 저렇게 이어졌던 인연의 끈이었다.

그 인연의 끈을 놓으시고, 김영주 선생님이 먼 곳으로 가셨다는 소식에 잠은 멀리 달아나고 밤은 길기만 하다. 앙드레 말로의 『인간의 조건』의 말과 같이 우리는 모두 다 왔던 곳으로 돌아간다.

김영주 선생님, 돌아간 그곳에서는 부디 평안하시길 마음 다해 기원합니다.

세계 여성의 날에 느끼는 소회

세계 역사상 여성을 가장 높게 평가한 종교 지도자는 누구일까? 조선 후기에 동학이 태동하면서 불공평한 인간의 관계를 새롭게 정립한 사상이 나타났다.

사람이 곧 하늘이다. (人乃天)

사람을 하늘처럼 섬기라. (事人如天)

증산교 창시자 강일순姜一淳은 김제 모악산 대원사에서 수도하던 중 깨달음을 얻어 후천개벽과 후천선경의 도래를 선포하여 아래와 같이 말했다.

선천 시대는 양의 시대 즉 남자의 시대였으나,
후천 시대는 음의 시대 즉 여자의 시대가 올 것이며
천대 받는 민중이 한울님(하늘)이다.

증산 강일순은 죽기 전에 선천과 후천이 뒤집어지는 큰 굿, 천지굿판을 벌였다. 강일순은 자기의 법통을 고판례(고수부)라는 여자에게 넘겼다. 그 시절에 하대 받던 과부이자 무당이었던 여자에게 자신의 종교적인 법통을 넘긴 것만으로도 가히 혁명적인 사건이었다. 그 뒤 증산은 고판례를 두고 다음과 같은 말을 남겼다.

"이 여인이 굶으면 온 천하 사람이 굶을 것이며, 이 여인이 먹으면 천하 사람이 다 먹을 것이다. 이 여인이 눈물을 흘리면 천하 사람이 눈물을 흘릴 것이요, 한숨을 쉬면 천하 사람이 한숨을 쉴 것이다. 이 여인이 기뻐하면 천하 사람이 기뻐할 것이요, 이 여인이 행복하면 천하 사람이 행복할 수 있을 것이며, 이 여인의 눈이 빛나면 천하 사람이 행복할 수 있을 것이다. 이 여인이 잠을 이루지 못하고 그리워하면 모든 사람이 잠을 이루지 못하고 그리워할 것이며, 이 여인의 따뜻한 말 한마디는 온 세상을 따뜻하게 할 것이다."

증산 강일순이 고판례를 예찬한 것은 이 세상의 모든 여자를 예찬하는 말이기도 했고, 다가올 남녀평등 시대를 열어 보인 일종의 예언이었다. 그런 의미에서 강일순을 우리나라 역사상 최초의 페미니스트라 생각한다.

그가 말한 것이 어디 여성에게만 국한된 말이었겠는가? 세상의 모든 약자, 세상의 모든 사람을 향해서 말했을 것이다. 동학을 창시한 수운 최제우水雲 崔濟愚 선생이 깨달음을 얻고서 한울님으로부터 처음으로 들었다는 계시가 '오심즉여심吾心卽汝心'이라는 말이다. '마음이 서로 통한 사람'이란 뜻이고, 풀어 말하면 '내 마음이 네 마음이고, 네 마음이 내 마음이다' 즉 깨달음을 얻었으니 모두가 다 한울이라는 이야기다.

그런 가르침이 시대를 뛰어넘어 오롯이 살아 있는데도 세상의 이치는 그렇지가 않은 것이 문제다. 사람과 사람이 이런저런 일로 다툼이 그치지 않고 있다. 강일순이 고판례를 예찬한 것과 같이 세상 모든 사람이 살아 있는 모든 것을 예찬하고, 사랑하고, 경외하는 시대가 도래할 때에야 세상이 평화로워질 것이다.

이름을 고친다는 것

퇴계 이황의 제자 이국필이 어느 날 이황에게 묻기를 “돌아가신 아버지를 곰곰이 생각하다 보니 일찍이 국필國弼이란 제 이름이 천하기도 하고 뜻도 없는 이름이라 하시면서 늘 고치고자 하였는데, 이제 아버지의 그 뜻을 따라서 아버지의 영전靈前에 고하고 고치는 것이 어떻겠습니까? 또 국필은 본래부터 성질이 경박하여 깊고 무거운 구석이 없으니, 청하건대 그윽한 뜻을 이름자 가운데 넣으면 고명사의顧名思義(명예를 돌아보고 의를 생각함)의 보람이 있지 않을까 싶습니다.” 하였다.

이국필의 말을 들은 이황은 “비록 아버지께서 고치고자 하는 뜻은 있었다고 하지만 이미 고치지 않았으니, 지금도 고치지 않는 것이 낫다고 생각한다. 하물며 현재 정한 이름이 뜻이 없다거나 천하지 않은 데에야 말할 수 있는가. 또 그대가 성질이 경박해서 깊고 무거운 곳이 없는 결점을 이미 알고 있었다면, 마땅히 마음을 두고 힘을 써서 허물을 고쳐 착한 데로 옮겨가면 족한데, 어찌 이름을 고친 다음에야 그 결점이 고쳐질 것이라고 할 수 있는가. 가령 이름을 고치고도 허물을 고치지 못한다면, 또 허물을 이름이 잘못된 데 돌려, 이름을 고쳐서 허물을 고치려고 들 것인가. 이게 또한 그대의 결점이자 병통이다." 하였다.

또 이황의 제자인 이덕홍이 젊었을 때 일이다. 이황이 이덕홍을 불러 "너는 너의 이름의 뜻을 알고 있느냐?" 하고 묻자, 이덕홍이 "저는 모릅니다." 하니, "'덕德' 자는 행行을 따르고 곧음直을 따르고 마음心을 따를 것이니, 곧 '곧은 마음을 행한다'라는 말이다. 옛사람은 이름을 지을 때 반드시 그 사람에게 관계를 주는 것이다. 너도 이름을 본받아라."라고 했다.

몇 년 전 장수 팔공산에 있는 어느 절에 갔을 때의 일이다. 주지 스님이 차를 따르며 내 이름을 물어서 '매울신辛, 바를정正, 한일一' 자라고 말하자 대뜸 "처사님, 그 이름 짊어지고 사느라 힘들었겠습니다." 하셨다. 주지 스님의 말을 듣기 오래전에 내 이름을 뒤늦게야 파자해보니 내 이름에는 세상 사람들이 좋아하는 돈이나 명예에 관한 글자가 한 자도 없었다. 듣고보니 나는 일찌감치 돈 버는 일을 포기하고 입에 풀칠만 했어서, '버림으로써 얻으리라'라는 말을 통감한 적이 많다.

이황의 말은 지극히 원론적인 말이다. 이름 때문에 피해의

식을 가지고 사는 사람이 얼마나 많은가. 그래서 범죄의 소지가 있다고 개명改名을 안 해주던 정부에서도 꼭 문제가 되지 않는 사람의 이름이라면 대폭적으로 개명해주는 시대이다.

자기에게 마땅치 않다고 여기는 이름만 바꿔도 기분이 새롭고, 새로운 세상을 경험하고 살 수도 있다. 당신은 당신의 이름을 어떻게 생각하는가?

간다는
말도 없이 가는 인생길

벌써 몇 년의 세월이 흘렀다. 함양에서 지리산 자락 구례로 가는 길에 전화를 받았다. 수원 OO씨의 전화였다. 그런데 알고 있던 목소리와 달랐다.

"신정일 선생님이시죠?"

"그렇습니다. 누구시죠?"

"예전에 통영 갈 때 어머니하고 같이 갔던 OO씨 딸이에요."

"아, 그래요. 어쩐 일이시죠?"

"저희 정말로 알겠어요?"

"생각이 납니다."

"이런 전화 드려도 괜찮은지…. 어머니가 아프다고 전화한 게 몇 달 전이었죠?"

그제야 또렷이 생각이 났다. 작년 말에 장문의 메일을 받았다. 본인은 수원에 사는 누구인데 딸과 함께 여러 번 '우리 땅 걷기'에 참여했었다고 말하며, 많이 아팠는데도 참다가 이제 병원에 가봐야겠다는 내용이었다. 그래서 나는 어서 병원부터 가라고 말했다. 그러고 며칠이 지나 연락이 왔다. 진찰 결과가 나왔는데 위암 말기라고 했다. 나는 어서 치료 받고 나아서 딸이랑 함께 또 걷자고 말했다.

"선생님의 글과 말에 용기를 얻었어요. 꼭 나아서 딸과 함께 선생님을 만나겠습니다."

그렇게 말한 지가 5월이었는데, 어제 장례식을 치렀단다.

"어머니가요. 선생님에게 많은 위로를 받았다고 여러 차례 말씀하셔서 전화드렸어요."

"어머니 나이가 몇이었지요?"

"마흔 여섯이셨어요."

아직 젊은 나이라서 애들도 아직 성장기일 텐데, 마음이 무거워져 한참을 말할 수 없었다.

"근간에 답사 나와서 같이 걸읍시다."

"정말요? 시험 끝나고 갈게요."

"무슨 시험?"

"수능이요."

가슴이 아릿해졌다. 어린 딸을 두고 가는 마음이 얼마나 쓰렸을까? 인생이 꿈과 같다고도 하고 바람 같은 것이 인생이기도 하지만 잠시 살다가 가는 인생살이에 왜 이리 슬픔이 많기도 한지.

삼가 고인에게 명복을 빌 뿐이다. 구례의 밤은 깊어만 가는데 형광등 불빛은 밝기만 하다. 나는 오래오래 잠들지 못했다. 삶이란 무엇인가? 그 학생은 지금 어떻게 살고 있을까?

똥개는
어디로 갔을까?

해남에서 서울 숭례문까지 삼남대로를 혼자 걸어갈 때의 일이다. 세상의 발길이 끊긴 절대 오지를 걸으며 외롭다고 생각할 때, 고요한 정적을 깨고 어디선가 개 짖는 소리가 들렸다. 사람이 만들어놓은 철창 속에 갇힌 개들이 나를 보고 결사적으로 짖고 있었다. 자세히 보니 개 사육장이었다. 그 개들은 모두 외래종이었고 우리나라 토종 똥개는 눈 씻고 봐도 없었다.

마을 골목에서 아무렇게나 싼 개똥이 발에 밟혀도 눈살을 찌푸리기보다는 그러려니 하던 옛 시절이 있었다. 화장실을 가지 못하는 어린아이가 뜰에서 똥을 누면 집에서 키우는 개들이 행여나 다른 놈에게 뺏길세라 잽싸게 달려와서 냉큼 주워 삼켰다. 그래서 '일찍 일어난 개가 더운 똥을 먹는다'라는 속담이 만들어지기도 했다.

진돗개나 풍산개 같은 이름난 개는 본 적도 없던 그 시절에는 개들 이름의 대부분이 '워리'나 '메리' 그리고 '쫑'으로 동일

됐다. 어쩌다 조금 정감 있게 지으면 '복실이'였다. 불과 몇십 년 전만 해도 우리 주변을 어슬렁거리던 똥개들. 그 똥개들도 집에서는 엄연한 식구였다. 집을 지키는 것이 똥개들의 몫이었고, 심심하거나 무서움을 잘 타는 주인에게는 절친한 친구이자 경호원이었다.

그런데 이 나라 어디든 흔하게 눈에 띄던 그 많던 똥개는 다 어디로 갔을까? 아무리 생각해도 불가사의하다. 불과 수십 년 전만 해도 그렇게 흔했던 토종 똥개가 어느새 찾기 힘들어졌다. 현재는 외래종 개들이 쇠창살에 갇힌 채 집을 지키면서 악을 써대며 짖고 있다.

그 많던 똥개는 사라지고 몰티즈, 시츄, 푸들 등의 외래견이 왕자나 공주 대접을 받고 있다. 요즘엔 '신토불이'를 외치며 토종을 지키고자 하는 사람들이 많다. 곡식 종자며, 꽃이며, 물고기며, 나무까지 우리 것 토종을 지키고 보호하겠다는 단체도 많다. 하지만 정작 우리와 가장 가까이 지냈던 토종 똥개는 사라지고, 기르겠다는 사람도 적다. 길을 걸으면 토종 똥개가 꼬리를 치며 달려오는 그런 날이 다시 오길 바란다.

위도 대리에서
만난 사람

소리 마을에서 나지막한 고개를 넘자 대리 마을이다. 매년 정월 초사흘 위도 띠뱃놀이가 열리는 마을 항구에 배 몇 척 정박해 있고 포구는 조용하다. 마을의 첫 집 담 너머로 보릿대를 휘감고 올라간 더덕 넝쿨. '웬 보리?' 신기해서 마당을 보자 한 여인네가 무언가 부산하게 손을 놀리고 있다.

"뭐하세요?" 하고 다가가니 생선을 손질하고 있는 중이다. 무슨 생선일까, 하고 살펴보니 우럭이 열댓 마리쯤 되고 망에는 간재미(간자미)가 들어 있다.

"우럭이죠?"

"그래요. 우럭입니다."

"뭐하시게요?"

"제사 때 쓰려고 사왔어요."

"여긴 제사 때 우럭을 놓나요?"

"예."

"얼마나 주고 샀어요?"

"간재미 몇 마리하고 15만 원을 줬어요."

우럭을 제사 때 쓴다. 흔치 않은 일이다. 뭍에서는 제사 때 조기를 올려놓는데, 신기해서 물었다.

"여기선 우럭을 제사 때 상에 놓나요?"

"우럭도 놓고 조기도 놓고 그래요."

내가 너무 편협했구나. 안동 지역에서는 상어를 올려놓기도 하는데.

"어떻게 쓰는데요?"

"손질해서 소금 간을 한 뒤 냉동실에 넣어두었다가 세 마리씩 올려요."

지역마다 다르구나. 하긴 '십 리간에 말이 다르고 백 리간에 풍속이 다르다'라는 말도 있고, 중국에선 '귤이 회수淮水를 건너면 탱자가 된다'는 말도 있지.

"이름이 어떻게 되세요?"

"안 씨. 아버지가 딸이 이쁘다고 이쁜이라고 지었대요."

"이쁜이! 좋은데요."

"어린 시절엔 이름 때문에 부끄러워서 힘들었어요." 하고 한숨을 쉬더니 말을 이었다.

"지금 서른여섯 살이 된 딸이 배 속에 있을 때 남편이 배 타고 고기 잡으러 갔다가 법성포 앞 칠산 앞바다에서 풍랑을 만나 돌아오지를 않았어요. 그 애가 유복녀지요."

한참 말을 잇지 못하다가 물었다.

"그때 아주머니가 몇 살이었어요?"

"서른 살, 아들은 다섯 살이었어요."

"그래서 어떻게 사셨어요."

"그냥 살았지요. 시숙이 같은 마을에 살면서 많이 도와줬는데, 서해페리호 사건 때 형님(동서)하고 정읍 간다고 나가다가 사고를 당했지요."

마음이 아팠다. 첩첩산중이구나.

"누구 제사를 지내려고 이렇게 준비하세요?"

"남편 제사지요. 남편이 더덕을 좋아해서 산에서 캐다 심었고, 보리는 엿기름을 만들어 식혜를 만들어요."

일찍 세상 뜬 남편을 위해서 서른여섯 해 동안 제사를 준비하는 그녀.

"남편을 사랑했었나 봅니다."

"그랬어요. 한마을에서 자랐고, 세 살 더 먹었었는데, 그렇게 착하고 나한테 그렇게 잘할 수가 없었어요. 그래서 매년 정성을 다해 제사를 지내지요."

우럭을 손질하다가 멍하니 하늘을 우러러본다. 그때 나이 서른 살, 그 나이에 무엇을 제대로 알기나 했을까? 삶에 재미를 붙이고 알콩달콩 살지도 못했을 텐데, 저 지극한 사랑을 어느 누가 이해할 수 있을까. 같이 산 세월보다 홀로 길고도 긴 세월을 산 그녀. '안이쁜'이라는 이름, 그러나 보면 볼수록 살아온 삶이 거룩하고 아름다운 그녀 앞에서 나는 할 말을 잃었다. 동행했던 가수 장혜선이 그를 꼭 안아주며 눈시울을 적셨다.

"그 세월을 어떻게 말로 다 해요. 그냥 살았죠, 그냥." 하면서 먼바다를 바라보던 안이쁜이라는 그 사람!

목화꽃을 정성스레
가꿨던 사람

내가 예전에 살았던 아파트 건너편 동 2층에는 다른 사람들과는 다르게 살 것이라고 생각되는 사람이 살고 있었다. 10여 년을 넘게 살았으면서도 한 번도 마주치거나 먼발치에서도 본 적이 없기 때문에 나이가 몇인지, 직업이 뭔지도 몰랐다. 그런데 내가 그런 생각이 든 이유는 어느 날 무심결에 본 베란다의 화초 때문이었다.

몇 년 전이던가 소복한 눈 같은 꽃이 베란다에 피어 있어서 자세히 보니 목화나무 다섯 그루가 꽃 몇 송이를 피우고 있었다. 그 꽃들은 금세 새파란 열매를 맺어 가을이 다가오자 하얀 목화가 만발했다. 그 모습을 보면서 '목화를 꽃으로 만드는 주인은 참 운치 있는 사람이겠구나.' 생각했었다.

그 이듬해 베란다에는 춘란이 꽃을 피운 채 봄바람에 살랑거리더니 또 어느 해는 금낭화가 아름다운 자태를 뽐내고 있었다. 단독주택도 아니고 아파트에서 우리 꽃이거나, 우리가 꽃이라고 여기지도 않는, 그래서 문익점 면화 시배지에서도 잘 심지 않는 목화를 관상수로 심는 멋을 아는 사람을 어디 쉽게 발견할 수가 있겠는가. 예감이 틀리지 않았는지 베란다에는 가끔 경탄을 자아내는 꽃들이 내 눈을 즐겁게 했다.

그런데 오늘 며칠간 몸살감기 때문에 문밖출입을 않다가 서점에 다녀오던 길에 그 집이 이사가는 것을 목격했다. 이삿짐센터에서 왔기 때문에 주인 같은 사람은 보이지 않아 결국 그곳에 누가 살고 있었는지, 어떤 취미를 가진 사람인지 알지 못한 채 헤어지게 된 것이다. 건너편 3층에서 나라는 사람이 관심을 가지고 지켜봤음을 알리지 못한 채 헤어지는 아쉬움보다, 집을 나서며 내 마음 깊숙한 곳에서 꽃봉오리가 터지듯 한숨처럼 터져 나오던 경탄을 느낄 수 없다는 것이 더한 아쉬움으로 남았다.

철학자 몽테뉴는 삶이 버거울 때면, 서재를 갖추고서 논리적으로 사는 인간으로 살기보다는 동식물로 살아가는 삶의 이점을 살펴보기를 즐겼다고 한다. 아마도 2층 주인은 그런 정신으로 살아간 사람이 아닌가 하는 생각을 아파트 계단을 오르며 문득 해봤다.

역사학자 이이화 선생님이 먼 곳으로 가셨다

이이화 선생님이 돌아가셨다는 소식을 언론을 통해 들었다. 1980년대 말에 처음 만나서 작고한 우윤 선생과 더불어 동학농민혁명 백 주년 기념사업회를 전개했다. 그리고 1990년대 초부터 준비했던 김개남 장군 추모비를 전주 덕진공원에 세우는 일을 함께 했으며, 정여립 추모사업회에도 힘을 주셨었다. 그 뒤로 장수와 김제에서 한국사 이야기를 쓰실 때 자주 뵙고 좋은 말씀을 자주 들을 수 있었던 것은 내 인생의 행운이었다. 그런 인연 때문에 생애 첫 번째 책을 내는데, 뒤표지 글을 써주셨다.

옛날에는 나라 안에 이름난 시인이나 문인이 아니면 지역에 있는 사람이 내 돈 들이지 않고 책을 내는 것은 하늘의 별 따기나 마찬가지였다. 1995년 나 역시 그 당시의 형편으로는 책을 낼 수 없었다.

월간 잡지 〈사람과 산〉에 일 년 반 정도 연재를 끝내자 책

한 권 분량이 되어 책을 내고 싶었지만 가능한 일이 아니었다. 그런데 〈사람과 산〉의 홍석하 사장이 연재를 마치고 만난 자리에서 책을 내주겠노라고 제안을 했다.

1995년 10월, 『동학의 산 그 산들을 가다』가 출간되었다. 민체民體의 대가로 알려진 서예가 여태명이 글씨를 쓰고 고부관아를 표지에 배치한 책. 내 인생의 첫 번째 책에 김용택 시인이 다음과 같은 발문을 써줬다.

"인간이 몇 억 년을 산다고 해도 나는 이 작은 마을의 작은 산, 강, 논, 밭, 나무, 하늘, 별, 집, 몇 안 되는 사람들과 충분한 만족감을 느끼며 행복하게 살 자신이 있다. 그런데 정일이는 나와는 다른 인간임이 분명하다. 그는 다양한 사람을 찾아 나서서 겪어보고, 배우고 깨달아서 한 가지에 능통하고 세상을 보는 눈을 키워왔다. 그가 앞으로 무슨 일을 벌여 얼마만큼의 성과를 거둘지 나는 모른다. 아니 신정일이 저도 모르고 알려고 하지도 않을 것이다. 그가 그리고 꿈꾸는 높고 푸른 산맥들이 김제 만경평야에 들어서지 않는다고 해도 그는 절대 후회하지 않을 것이다. 그가 일을 벌이고, 그가 곳곳에 많은 사람에게 심어주고, 심어준 것이 옳다고 믿으면 그는 주저함이 없이 행함으로써 행복한 것이다. 어느 잘난 사람이 자기가 뿌리고 자기가 당대에 거두려 하는 어리석음을 범하려 하는가. 역사가 어디 그런 것인가."

그리고 역사학자 이이화 선생님은 다음과 같은 글을 책 뒷면에 써줬다.

"우리 겨레는 예부터 산이 지혜롭고 신령스럽다고 생각해왔다. 1894년에 이 땅의 민중들은 들판의 문제(생산)로 처절한 투쟁을 벌였었다. 그때 산은 그들의 안식처요, 투쟁의 근거지였다. 구미산에서 연원했던 동학이 고부의 두승산, 모악산 자락을 거쳐 주미산(우금티)에 이르렀었고, 동학농민군이 이 나라의 산하를 밟고 간 짚신 자욱은 오랜 세월이 지났지만 지금껏 너무나 선명하게 남아 있다. 이제 우리의 길눈이요, 시인인 신정일 님이 동학농민군의 흔적을 찾아 그 산들을 찾아 헤맸다. 그 길은 때로는 눈물, 때로는 한숨, 때로는 차돌 같은 신념과 죽창 같은 용기가 곳곳에 서려 있는데, 그는 이를 낱낱이 전달해주고 있다. 또한 이 책은 역사적 의미와 깊은 감동이 함께 담겨 있다."

나는 그 책을 받아들고, 감격이라는 표현보다 두려움이 앞섰다. 나는 이 책에 내가 공부했던 모든 문장, 모든 낱말을 다

사용했다. 이제 더 이상 나는 글을 못 쓸지도 모른다. 그런 막막함 속에서도 다른 생각들이 꿈틀거렸다. 그때의 감정을 발행 후기에 다음과 같이 썼다.

"끝이라 쓰는 내 마음은 쓸쓸하다. 이제야 끝이라고 마침표를 찍고 하는 말인데, 무엇인가 눈에 보이는 것 같다. 정말 다시 시작한다면 잘 할 수 있을 것 같다. 이 말이 분명 지키지 못할 나 자신과의 부질없는 약속인 줄을 잘 알면서도 나는 이제야 무엇인가 할 수 있을 것 같다."

그런데 그 뒤로 수십 권의 책을 더 냈으니 참 알 수 없는 일이다. 전업 작가가 된 뒤 1996년 3월이었다. 전주 KBS 총무과에서 전화가 걸려왔다. 나를 만나고 싶다는 것이었다. 전주 KBS에서 시청자들을 위해 쓸 수 있는 돈이 3천만 원이 있는데, 어디에 쓰면 좋겠냐고 물었다.

그때 나는 "동학농민혁명이 백 주년이 지났어도 동학에 대해서는 잘 알지 못한다. 전라북도 도민들에게 동학농민혁명 전적지 답사를 시켜주자."라고 말했다. 그래서 시작된 것이 3년간에 걸쳐 진행되었던 KBS 전주 〈동학기행〉이었다.

이이화 선생님을 초청해 간단한 강연을 듣고 전체적인 답사 진행을 맡아서 진행한 행사는 폭발적인 인기를 누렸다. 1996

년에는 5, 600여 명의 참가자들과 동학농민혁명의 전적지인, 고창과 정읍 일대를 답사했고, 1997년에는 논산과 부여, 그리고 공주 지역을 답사했다. 그다음 해인 1998년에는 남원과 하동 일대를 답사했다.

행사가 끝나고 가수들의 공연까지 마련됐는데, 그때 초청된 가수들의 출연료는 노래 한두 곡을 부르면 200만 원에서 300만 원을 줬다. 그런데 이이화 선생님은 구리에서 전날 내려와서 이틀을 허비하는데, 30만 원을 주고 나는 현지에 산다고 20만 원을 주는 것이었다. 답사를 끝내고 답사객들을 위한 가수들의 공연이 한창일 때 가까운 곳에서 차를 마시던 이이화 선생님이 담당 PD에게 다음과 같이 말했다.

"나나 신정일 선생은 평생 동안 공부만 했는데, 가수들의 10분의 1 정도 주는 것이 맞는 얘깁니까?"

그 말을 들은 PD는 계면쩍게 웃을 수밖에 없었다. 연예인과 학자의 출연료가 현격하게 차이가 나는 것을 알면서도 한 말씀이었다.

그 뒤부터는 만남이 뜸해졌고, 마지막으로 뵌 것은 종로에 전봉준 동상을 세울 때였다. 기금 마련에 동참하고 영풍문고 앞에 동상을 세울 때 목소리 쩌렁쩌렁하게 동학을 이야기했던 이이화 선생님은 가시고, 그분의 추억만이 남아 내 가슴속에 깊은 울림을 주고 있다. 오고가는 순간 속에서 만나고 헤어지는 우리들의 인연은 너무도 소중하다. 이이화 선생님, 내세가 있다면 부디 좋은 곳으로 가시고, 내세에서도 좋은 글 많이 쓰십시오.

위도면 거륜리
칠산 앞바다에서

위도면 거륜리 칠산 앞바다는 썰물이라서 물이 빠져 있었고, 돌김과 파래들이 부끄러움도 없이 바위 위에 다닥다닥 붙어 있었다. 지천으로 많다던 자연산 홍합은 그림자도 보이지 않았고, 갯가의 검은 벌레들만 쉴 새 없이 바위틈 사이를 오가고 있었다. 수레의 바퀴를 닮았다는 거륜도와 검푸른 갯바위 사이로 멀리 보이는 내조도, 오조도, 중조도라고 불리는 삼조도가 마치 오륙도처럼 세 개인 듯 네 개인 듯 보였다. 그 너머로 약간 흐릿하게 보이는 섬이 상왕등도와 하왕등도다.

저 섬에 고려 때 사람, 이규보가 머물렀다고 하는데, 과연 그럴까? 사람들은 저 멀리 보이는 왕등도 너머로 해가 지는 것을 지상의 가장 아름다운 절경 중 하나라고 했다. '왕등낙조旺嶝落照'라 했거늘, 망사 같은 옅은 구름이 나지막하게 바다를 감싸듯 드리워지고, 해는 숨었는지 아니면 단잠에 빠졌는지 조금도 보이지 않아 세상에 하나밖에 없는 2020년 5월 21일의 왕등도 너머로 지는 해는 그림 속 풍경으로 그쳤다.

'오늘은 해를 볼 수 없겠군.' 김이 빠져 허전하게 혼잣말을 하는 짧은 순간에, 해가 순식간에 모습을 드러내며 불기둥을 늘어뜨렸다. 어느새 바다는 수천수만 개의 별들을 풀어놓아 잠시 은하수를 빚어냈다.

어디선가 불어오는 미풍이 두 뺨을 어루만졌고, 그 미풍을 타고 왔는지 물살을 가르며 지나가는 작은 배, 그리고 하늘을 가로질러 가는 몇 마리 새들의 울음소리가 수평선 너머로 점점이 멀어져 갔다.

새들은 떠나도 해가 저물고 어둠이 내려도 남아 있는 섬, 고슴도치를 닮은 섬 위도. 거륜리 칠산 앞바다에 봄이 언뜻 가고 있었다. 나는 하얀 손수건도 흔들지 않고 봄을 보내는 무정한 전송객이었다. 회한도 없이, 그냥 무심히 봄을 보내며 바라보던 위도 거륜리 칠산 앞바다에 흔들리고 흔들리던 물살, 그리고 기억의 잔해들.

땅을 사러 온 사람과 땅을 보러 온 사람

요즘 이런저런 일로 나를 돌아보다가 살면서 한 번이라도 땅 한 평 살 생각을 했거나, 사본 일이 있는지 떠올려보니 단 한 번도 없다. 50여 년을 이 나라 이 땅을 보러 다녔는데, 사고 싶은 땅이 한 곳도 없었다는 것인데, 자랑인지 아닌지는 모르겠지만 하여간 그렇다. 내가 살고 있는 이 허름한 아파트 외에 어느 곳에도 송곳 꽂을 땅 한 평 없는 사람이 나다.

오래전 이야기다. 대운하 사업에 나라가 떠들썩했을 때, 모 신문사로부터 원고 요청을 받아 낙동강과 한강 일대를 두루 답사한 일이 있었다. 부산에서 출발하여 낙동강을 거슬러 올라가 문경새재를 지나고 대운하 예정지인 송계계곡을 지나 남한강을 거쳐 원주시 부론면 흥호리에 있는 흥원창 부근에 도착했다. 이상훈 사무국장의 작은 차에 실려 그곳에 도착하자, 금세 뒤따라온 듯 고급 세단이 도착했다. 기름기가 번질거리는 오십 대 초반의 남자와 네 명의 중년 여자들이 내렸다.

"저곳이 여객선 터미널 예정지이고, 저곳이 상가 예정지, 저곳은 주택단지입니다." 하고 이곳저곳을 손짓하면서 앞서가는 남자를 따르는 일행 중 제일 뒤에 있던 여성에게 물었다.

"혹시 땅 사러 오셨어요?"

"예." 하더니 내게 물었다.

"선생님은요?"

"나는 땅 보러 왔어요."

같은 목적지를 왔는데 한쪽은 투기를 위해 땅을 사러 왔고, 한쪽은 국토의 이모저모를 살펴보기 위해 땅을 보러 온 것이다.

"대운하가 되면 뭐가 좋죠?"

"여러 가지가 좋죠. 경제 성장이 7퍼센트가 올라가고, 매연이 줄어들고, 일자리가 창출되고!"

정부에서 홍보하는 말 그대로다. 내가 물었다.

"혹시 걱정되는 것이 있다면요?"

"환경영향평가를 통과하지 못할까 그것이 걱정이에요."

흥호리를 지나 양화나루에 도착했다. 그곳에서 마을 사람을 만나 대운하에 대해 물었다.

"대운하 어떻게 생각하세요?"

"찬성입니다."

"왜죠?"

"여주군이 낙후되어 있는데, 대운하가 건설되면 시로 승격되고 좋아질 것 같아서요."

옆에 있는 음식점을 하는 사람에게 똑같은 질문을 던졌다. 그러자 화를 버럭 내는 것이었다.

"우리나라 사람들은 참 이상해요. 해보지도 않고 반대부터 한다니까요."

그럼 시작해서 잘못되면 어떻게 하겠는가? 묻고 싶어도 물을 수 없는 상황이었다. 이렇게 저마다 다른 생각을 가지고 있는 것이 인간이고, 우리나라 사람이다. 그 뒤로 사대강 사업이 우여곡절 끝에 진행되었고, 오랜 시간이 흘렀는데 지금까지도 여진이 만만치 않다. 매일매일이 다툼이고, 기막힌 일들이 우후죽순처럼 쏟아져 나오는 것이 현실이다.

가끔 나도 익살을 떨 때가 있다. "청담동에 2만 평의 땅이 있는데, 덩치가 커서 팔 수가 없다."라고 말하면, 사람들은 "조각내서 팔면 되지 않냐?"고 순진하게 묻는다. 그럼 "할 일이 있어서 못 팔고 있다."라고 말한다.

어디 청담동뿐이겠는가. 안산에도 안산 땅이 있고, 내가 머무는 곳, 내가 걷는 곳, 내가 좋아하는 땅이 다 내 땅이고, 내 집이 아니겠는가. 마음속에 있는 내 땅에는 늦가을에도 꽃이 피고, 온갖 새들이 깃을 치고, 훈풍이 불고 지나는데 무엇이 부러우랴.

그대는 어디에서 사는 것이 좋은가?

나더러 사람들이 묻는다. 어디서 사느냐고. 도심 가운데 8층 아파트에 산다고 하면 대개 놀란다. 내가 입고 있는 생활한복과 촌사람 같은 이미지 때문에 짐짓 교외의 한옥이나 별장 같은 곳에서 한가하게 살리라고 넘겨짚기 때문이다.

현재의 나는 아파트 예찬론자다. 내가 글을 쓸 수 있을 때까지 그럴 것이다. 왜냐? 아파트는 설명이 더 이상 필요 없이 완벽한 '섬'이기 때문이다. 누가 문을 두드려도 초인종을 눌러도 가만히 침묵한 채 있으면 사람이 없는 것으로 여겨 돌아가고, 전화마저 안 받으면 집에 사람이 없을 거라 단정하고 전화를 끊기 때문이다.

내 집은 진정 숨어 살기 좋아라
안팎 두루두루 세상 티끌 멀리했네
풀밭 거닐다가 길이 절로 되었구나

구름을 바라보다 이웃으로 삼았네

노랫소리 돕기에는 새가 있으나

법의 뜻을 들으려니 사람이 없네

오늘의 이 세상 사람들이여

너는 몇 해를 한봄으로 삼고 있느냐

굴원屈原의 한산寒山시에 나오는 것처럼 내 집, 아파트는 숨어 살기 좋은 곳이자 '문자조립공'으로 살아가기에 완벽한 곳이다. 아파트에 대한 의견은 각양각색인데 내게는 아직 무해한 곳이다. 오늘도 아파트 8층에서 불이 다 꺼진 앞 동 너머, 마음속으로만 보이는 모악산 너머 펼쳐진 조선의 산천을 떠올리며 온갖 상념에 잠 못 들고 있다.

수도권,
얼마나 매력적인 땅인가?

수도권인 서울, 경기, 인천의 인구가 비수도권 인구를 앞질렀다는 보도가 나왔다. 일찍부터 예견된 일이다.『신택리지』를 쓰면서 이렇게 될 줄 알아서 강연할 때 이런 말을 한 적이 있다.

"오래지 않아 교통이 더욱더 발달하게 되면 지방에 살던 사람들이 서울 부근으로 이사를 한 뒤, 고속열차 타고 논물 보러 콩밭 매러 다니는 시절이 올 것입니다. 지방에 있는 주택이나 아파트 값은 갈수록 안 오르고, 서울과 경기 일원만 오를 것입니다. 지금도 늦지 않았으니, 돈을 벌기 위해서라면 지방에 있는 집 팔아서 서울로 가십시오."

그렇게 말한 지가 벌써 10여 년 전 일이다. 그렇다고 내가 서울과 경기 지역에 땅 한 평이라도 샀냐 하면 그렇지 않다. 그런 생각을 나보다 먼저 했던 사람이 조선 후기의 실학자인 다산 정약용이었다. 정약용이 서울에 올라와 처음으로 집을 사 서울 생활을 시작했던 때가 1782년(정조 6년)이었다. 선혜청宣惠廳이 있던 창동에 집을 사들여 '체천정사棣泉精舍'라고 이름을 지었다.

정약용은 가난할지라도 좋은 벗 만나 깊은 정 주고받으며 살기를 꿈꾸었다. 그런 그가 1800년대 초 강진으로 유배 간 뒤 고독한 유배지에서 질곡의 세월을 보내면서 아들인 학연과 학유에게 다음과 같은 편지를 보냈다.

> 중국의 문명이나 풍속은 아무리 궁벽한 시골이나 먼 변두리 마을에서 살더라도 성인聖人이나 현인賢人이 되는데 방해 받을 일이 없으나 우리나라는 그렇지 않아서 서울의 문밖에 몇십 리만 떨어져도 태고처럼 원시사회가 되어 있으니, 하물며 멀고 먼 외딴집에서야 말해 무엇 하랴? (…) 내가 요즘 죄인이 되어 너희들에게 아직은 시골에 숨어서 앞으로의 계획을 세우게 하였다만, 사람이 살 곳은 오로지 서울의 십 리 안팎뿐이다.

얼마나 신기한가. 다른 사람도 아닌 다산 정약용이 사람이 살 만한 곳은 서울의 10리 안팎뿐이라고 아들들에게 강변했다는 사실이. 그런 생각이 난세나 태평세계를 막론하고 맞는 말이다. 고금이나 지금이나 서울에 있어야 문화의 혜택뿐만 아니라 다양한 정보를 쉽게 얻을 수 있기 때문이었을 것이다. 다산의 편지에서 어떻게든 서울에 터를 잡고 살고자 하는 오늘날의 상황과 당시 사대문 안에 집을 장만하고 살기를 원했던 사대부들의 절박한 상황을 들여다볼 수 있다.

서울에서 터 잡고 사는 것은 예나 지금이나 어려운 일이다. 오죽했으면 조선 후기의 문신인 남공철南公轍은 "서울은 돈으로 생업을 삼고, 팔도는 곡식으로 생업을 삼는다."라고 말했을까. 멀리할 수도 가까이하기도 어려운 곳이 서울이다.

서울에 살고 있는 '우리 땅 걷기' 회원들이 조용한 지방에서 한적하게 살고 싶다고 말은 하면서도 떠나지 못하는 서울. 서울은 언제까지 사람들의 마음과 몸을 사로잡을 것인가?

시의 시대,
시인의 시대

시詩의 시대다. 그리고 시인들의 시대다. 여기도 시가 있고, 저기도 시인이 있다. 예로부터 시인들은 가난하다고, 그래서 항상 배고프다고 말했다. 누구나 그 사실을 안다. 그러면서도 시인을 꿈꾸면서 시를 쓰고자 한다.

좋은 일이다. 시인들이 많은 나라. 얼마나 기쁘고 행복한 일인가? 꽃밭에도, 시궁창에도, 산비탈이나 개울가에도 시들이 자연스럽게 날아올라 넘쳐나서 향기를 피워 낸다면 세상이 더 아름답고 새로워질 것이다. 그런데 아이러니하게도 세상은 날이 갈수록 더 삭막해지고 더 험악해지고 더 쓸쓸해지고 있다.

새로운 창조물만이 세상을 견인시키는 것이 아니라 여태껏 우리 곁에 있어 온 것, 내 곁에 있었는데 모르고 스쳐 지나간 것, 하찮고 진부한 것들이 나를 지탱해주는 힘이다. 또한 그런 것들로 인해 모든 것이 이루어지고 더욱더 새로워지는 경이를 느낄 때가 많다.

누군가의 말대로 이전에도 사랑이 가장 유행하는 단어고, 세상을 움직이는 힘이었듯 지금도 세상은 만나고 헤어지는 사랑 타령이다. 그뿐만이 아니다. 권력과 재력은 지금도 세상 사람들이 가장 선호하고 유효하므로, 서울이나 경기도에 집이나 땅을 사고 강남에 빌딩을 사는 것, 좋은 학교에 가고, 좋은 직장을 갖는 것만이 세상에서 효용 가치가 있는 것으로 여겨 너도나도 올인하고 있다.

용에게는 여의주가 귀하고, 쇠똥구리에게는 쇠똥구리가 귀하듯 사람에게는 돈이 귀하기 때문에 한시도 조용하지 못하고 시끌벅적하다. 문학도 예술도 그렇다. 하늘 아래 새로운 것이 어디 있으랴. 있어 온 것들을 마치 처음처럼 그대도, 나도 말하며 행동하고 있다. 우리의 사랑도, 슬픔도 그렇다. 낡고 하찮아도 매일 신기한 세상이다.

콜라 맛도 모르고
먹으면서 산 세월

길을 걸으면서 가장 많이 마신 것이 무엇일까? 가끔 농담 삼아 내 머리가 지금까지 검은 이유는 세 가지 검은 것을 먹은 결과라고 말한다. 그러면 사람들은 검은콩, 검은깨, 흑미를 들지만, 정답이 아니다.

내가 콜라, 커피, 매연이라고 답하면 '에이' 하고 웃어넘기지만 정답이다. 오래 걸은 다음 목이 마를 때 갈증을 해소해주는 것으로 콜라만 한 것이 없다. 아침 일어나서 식전에 마시는 커피가 세상에서 제일 맛있는 커피고, 식후 한잔도 역시 맛이 좋다. 그렇게 해서 하루에 서너 잔씩 마시는 커피도 도보 답사에 빼놓을 수 없는 별미다. 매연은 도보 답사를 하는 현대인들에게는 피할 수 없는 숙명이다. 옛길의 포장도로는 매연 천국이라 피할 수 없기 때문이다.

그런 연유로 내가 콜라를 좋아하는 것을 알 만한 사람은 다 아는데, 한 번은 이런 일이 있었다. "진짜 콜라 맛을 알기나 하냐?" 하고 지인이 물어서 안다고 하자 실험을 해보자는 것이다. 눈을 감고 콜라와 사이다를 따로 시음하라 했다. 눈을 감고 마셔보니 이것도 콜라 같고, 저것도 콜라 같아 도무지 분간할 수가 없었다. 그래도 내 입맛이 시키는 대로 어느 하나를 콜라라고 찍었는데, 웬걸 사이다를 콜라라고 지목한 것이다. 몇십 년 동안 콜라를 마셔놓고 어쩌다 마시는 사이다를 콜라라고 답한 나. 콜라 맛도 모르는 내가 아는 체를 하고 다녔구나. 아는 것과 모르는 것의 차이, 참으로 별것 아니다.

그렇다면 나는 무엇을 알고 있는가? 수십 년간 즐겨 마신 콜라와 사이다의 차이도 구별 못하면서. "내가 아는 것은 내가 아무것도 모른다는 것만을 알 뿐이다." 세상에서 제일 현명했다는 소크라테스의 말이다. 내가 아는 것은 과연 무엇인가?

모래를 밟아보지 않고 모래의 감촉을 알 수 없다

대부분의 사람은 스스로의 의지가 아니라 강요에 의해서 배우고, 다양한 것을 접하지 않고 책상에서만 배우고 있다. 그러다 보니 실전에 약하다. 지인인 조용헌 선생이 가끔 이런 말을 한다.

"벼룩 간만 공부한 사람은 벼룩 간만 알다가 세상을 뜹니다."

그래서 이상의 『날개』의 서문에 나오는 것처럼 진정한 천재는 눈 씻고 봐도 찾을 길 없고, '박제가 되어버린 천재'만이 있을 따름이다. 그뿐인가, 자기 전공 학문 외엔 아무것도 몰라서 정해진 길이 아니고 다른 길에 접어들면 미아가 되는 사람들을 더러 만난다. 시인 말라르메가 말한 '백지의 현기증'이라는 말처럼 백지라면 무한한 가능성이 있는데 배우려 하지 않는 백지는 문제가 많다.

조선 시대의 사대부들은 '넓게 배우고 들을 것이 많다'라는 말처럼 수많은 학문, 특히 문사철文史哲을 통달했는데, 오늘날의 학문 풍토는 너무 미시적이다. 거기에다 현장 개념이 없다 보니 국토 개발이나 국가 정책을 세우는 데 여러 가지 문제점을 내포하고 있다. 현장을 가보지도 않고, 지도만 보고 금을 쭉 긋는 무책임에서 비롯되는 것이다.

일례를 든다면 대전과 통영 간 고속도로를 타고 가다가 보면 탁상행정이 얼마나 위험한 일인가를 알 수 있다. 나라 안에서 강길이 아름다운 곳이 여러 군데 있다. 그중에서도 육십령을 넘어서 화림동계곡을 지나 함양 산청을 거쳐 진주로 가는 남강의 상류 경호강길은 남강의 보석 같은 길이다. 그런데 그 길이 대전 통영 간 고속도로로 볼썽사납게 되고 말았다. 우리나라에서 제일 발달한 것이 무엇인가? 터널을 잘 뚫고, 다리를 잘 만드는 것이다. 그 길을 약 4킬로미터만 동쪽으로 지나가도록 설계했다면 하나도 손상하지 않고 만들어 후세에 아름다운 경호강을 고스란히 물려줄 수 있었을 것이다.

어디 그러한 일이 건설 분야에만 있겠는가? 몇 년 전에 한의사를 비롯한 지인들과 봄나물 산행을 간 적이 있다. 그곳에서 채취한 곰취와 깊은 산속에서 나는 당귀, 그리고 참두릅을 꺾어 데쳐 먹고 쌈을 싸서 먹으며 아름다운 하루를 보냈다. 그들이 한의학을 공부하던 시절에는 산에 들어가 실습할 수 있는 기회가 없다 보니, 산에서 나는 당귀나 산 약재 중 살아 있는 것은 처음 봤다는 이야기를 했다. 경동시장이나 우리나라 전통 시장에서 나는 마른 약재만 가지고 임상 실습을 했다는 이야기다.

> 서책書冊을 불살라 버려라. 강변의 모래들이 아름답다고 읽는 것만으로는 만족할 수가 없다. 원컨대 맨발로 그것을 느끼고 싶은 것이다. 어떠한 지식도 우선 감각을 통해서 받아들인 것이 아니면 아무 값어치도 없다.

앙드레 지드 『지상의 양식』의 한 구절처럼 모래를 밟아보지 않고 어떻게 그 모래의 감촉을 알겠으며, 가보지 않고서 알 수 있는 일이 얼마나 될 것인가.

사람 공부가 제일 어렵다

세상에서 가장 어려운 것이 사람 공부다. 현인들도 사람 공부에 깊은 뜻이 있었다. 공자의 제자 복자천宓子賤이 선보單父(지명)의 책임자가 되어 떠나면서 스승에게 인사차 들렀다. 이때 공자가 이렇게 당부하였다.

"사람을 마구 영접하지도, 마구 거절하지도 마라. 그리고 또 남을 마구 우러러보지도, 마구 허락하지도 마라. 마구 허락하면 지켜내기 어렵고, 마구 거절하면 꽉 막혀 아무것도 모르게 된다. 비유컨대 높은 산과 깊은 물은 바라보아도 오를 수 없고, 헤아려 보아도 길이를 모르는 것과 같다."

다음은 전한 시대 학자인 유향劉向의 『설원設苑』에 실린 글이다. 유향은 이 책을 통해 유가의 윤리 도덕을 바탕으로 통치의 흥망성쇠와 통치자의 성패의 비결을 알려준다.

사람과 사람과의 관계를 이르는 말이다. 너무 가까이하는 것도 너무 멀리하는 것도 쉽지 않다. 그 이치를 너무 잘 알면서도 가끔은 잊어버리고 너무 빠지거나 너무 멀리해서 화근이 되는 경우가 있다.

러시아 속담에 '복장으로 맞이하고 지혜로 배웅한다'라는 말이 있다. 그것은 손님이 어떤 사람인지 모르므로 입고 있는 옷을 가지고 대접하지만, 손님이 돌아갈 때쯤이면 그 사람이 어떤 인품을 가지고 있는지 알게 되므로 판단하여 배웅한다는 속담이다.

사람이 사람을 제대로 안다는 것은 그만큼 어려운 일이므로 어떤 사람은 사람 공부처럼 재미난 공부는 없다고도 한다. 달리 말하면 사람에 대한 공부만큼 어려운 공부가 없다는 뜻이다. 탐구해도 모르는 사람의 마음, 나도 그렇고 당신도 그러한데 당신은 사람의 어떤 면을 중시하는가?

내가
두려워했던 것들

가끔 사람들에게 '말을 참 잘한다'는 소리를 듣는다. 나는 나를 잘 모르므로 의아할 때가 있다. 원래 나는 내성적이기도 했지만, 무엇 하나 잘하는 것이 없어 사람들 앞에 나서는 것을 싫어했다. 시대 상황과 함께 여러 가지 여건이 문화 단체를 만들게 했고, 모임에서 연장자이다 보니 단체의 장을 맡았지만, 사람들 앞에 서는 일은 다른 사람들을 시키고 나는 나서지 않았다. 세 사람만 모여도 말하는 것이 서툴고 어색하기만 했다. 수많은 사람 앞에서 말하는 것이 두려웠던 것은 내가 생각해도 말주변이 없다고 느꼈기 때문이다.

그러면 언제부터 사람들 앞에서 말하는 것이 자유스러웠을까? 기억을 더듬어보면 90년대 초였을 것이다. 어느 행사에 연설을 도맡아 하던 회원들이 모두 참석하지 않았다. '이 없으면 잇몸으로 때운나'라는 속담을 들먹이지 않아도 내가 나설 수밖에 없는 상황이었다. 그때 어떻게 난관을 헤쳐나갔는지 모른다. 그 후로도 마이크를 잡는 횟수가 늘기 시작하면서, 사람들 앞에서 말하는 것에 대한 두려움이 사라졌다.

항상 혼자서 공부를 했으므로 나는 혈연도, 학연도, 지연도 없었다. 그렇다고 어디 비빌 언덕이 있는가. 황무지같이 펼쳐진 전주라는 도시에서 오로지 가야 한다는 절체절명의 마음을 가지고 느리게 걷기 시작했다. 천천히 한 걸음 한 걸음 걸어가면서 길을 개척했다. 헤르만 헤세는 『데미안』에서 다음과 같이 말했다.

> 새는 알을 까고 나온다. 알은 세계다. 태어나려 하는 자는 한 세계를 파괴해야 한다.

나도 천천히 한 세계를 뚫고 다른 세계로 전이해 갔다. 다행히 내게는 두 가지 비장의 무기가 있다. 첫 번째는 기억력이다. 나는 한 번도 담배를 피우지 않았고, 서른이 넘어서 조금씩 배우기 시작한 술도 잘해야 맥주나 소주 두 잔이면 됐다. 그래서 그런지 기억력이 좋았고, 나이가 들어도 다음 말이 끊이지 않고 술술 이어졌다.

두 번째는 시력이 좋다는 것이다. 시력이 좋지 않으면 며칠간이고 읽어야 하는 책을 못 읽는 것도 문제지만, 우선 사물을 자세히 관찰하지 못한다. 물론 안경을 쓰면 된다지만 안경을 안 쓰고도 어디서나 자유롭게 생활할 수 있는 것은 큰 축복이다.

내 인생에 있어서 가장 큰 즐거움이자 행복이라면 시도 때도 없이 보고 싶은 책을 보며 살 수 있다는 것이다. 그런 나를 두고 어떤 사람이 "선생님이 부럽습니다." 해서 왜 부럽냐고 물었더니 "정년도 없고, 명예퇴직도 없잖아요?"라고 했다. 그 말을 듣고 그에게 "그 대신 나는 연금도 없고, 월급도 없고, 오로지 원고료밖에 없지 않습니까."라고 말했다.

말하고보니, 나같이 글 쓰는 사람에게는 눈이 나빠지고 기억력이 감퇴하는 시간이 바로 '정년'이요, '명예퇴직'이라는 걸 깨달았다. 눈이 아프면 책 읽기는 고사하고 멀고 가까운 곳에 있는 사람도 잘 안 보이니 얼마나 갑갑하겠는가?

그러다가 정말로 눈앞에 있는 글자도 잘 안 보이게 되면 평생을 책만 읽으며 보낸 사람들은 얼마나 당혹스럽고, 세상 사는 재미가 없어지겠는가? 전쟁터에 나간 전사는 총이나 칼을 잃어버리면 죽은 목숨이나 진배없다. 그것처럼 글을 업으로 하는 사람은 괴로움도 즐거움도 다 책 속에만 있다.

그렇게 생각하면 살아가면서 즐거운 일이 도처에 수두룩하다. 눈이 잘 보이는 것도, 귀가 잘 들리는 것도, 냄새를 잘 맡는 것도, 특히 잘하든 못하든 말을 할 수 있다는 것과 다리가 튼튼해서 어디든 갈 수 있다는 것 하나하나가 다 행복이다. 행복을 먼 데서 찾다 보니 항상 불만족한지도 모른다.

눈에 보이지 않을 때까지 읽고 또 읽어야 할 책이여. 나의 구원이고 나의 사랑인 책이여. 생명 끝나는 날까지 곁에 머물러 있을 책이여. 책만 있어도 행복한 것 아닌가? 하면서도 이것저것에 한 눈을 팔거나, 매일매일 새로운 것을 갈망하다 다시 책으로 돌아가는 내 영혼이여!

어제는 지나간 바람,
그러면 내일은?

전주에서 아침 9시 서울행 버스에 올라 12시에 동서울에 도착. 동서울터미널에서 간단한 점심을 먹고 춘천에 도착해 연구원의 차를 타고 분권아카데미에 도착했다. 그윽한 숲속에 자리 연구소에서 차 한잔 마시고 나오는데, 연구원이 한마디 한다.

"숲속에 연구소가 있지만, 아침에 사무실로 들어가 일에 몰두하면 울창한 나무숲 곁에 있으면서도 나무의 움직임도 보지 못하고 하루가 지날 때가 많아요."

내가 사는 곳 역시 아파트고, 게다가 8층인지라 며칠간 집에 있으면 나무 한 그루, 풀 한 포기, 꽃 한 송이도 보지 못하고 지낼 때가 있다.

나 그대에게 말하노니

과거는 한 양동이의 재인 것을

나 그대에게 말하노니 어제는 지나간 바람이고

서쪽으로 넘어가는 해인 것을

나 그대에게 말하노니

이 세상에는 오직 무수한 내일의 바다와

무수한 내일의 하늘이 있을 뿐

시인 칼 샌드버그의 「대초원」이라는 시이다. 오가는 세월의 흐름 또한 인간이 정하고, 세월의 흐름을 감지하고 허무해하는 것 또한 인간이다. 강연을 마치고 다시 춘천시외버스터미널에서 강남터미널로 이동하고 명동칼국수 한 그릇을 먹고 전주에 돌아오자 11시 20분이 됐다. 하루가 짧은 것 같으면서 길기도 하다. 어떤 때는 하루가 한 편의 우화 같다는 생각이 들기도 해서 멍하니 앉아 있을 때도 많다. 나도, 그대도 흐르고 흘러가다가 소멸되는 구름과 같다는 생각이 든다.

아쉬움과 그리움으로 사는 것이 인생이다

하룻밤을 머문 통영의 대매물도 민박집에서 아침 일찍 일어나 커피 한잔을 마셨다. 주인 할머니가 쌀을 씻고 있길래 옆에 가서 물었다.

"어디서 시집왔어요?"

"오늘 가실 비진도에서 왔어요."

"섬에서 섬으로 오셨군요. 왜 뭍으로 나가지 않고 이렇게 먼 섬으로 오셨어요?"

"부모님이 가라고 해서 왔죠."

지금이야 관광객들도 오고, 하루에도 몇 번씩 배들이 드나들고, 통영이나 부산에 따로 집도 있다지만 그 당시는 얼마나 척박했을까. 논 한 뙈기도 없고, 오로지 비탈진 밭에서 잡곡만 재배했을 것이니 좁쌀 서 말도 못 먹고 시집갔다는 얘기가 이곳에서도 나왔을 것이다.

이런저런 얘기를 들려주시던 할머니가 "천 리에 벗이 있고, 지척에 원수가 있지요." 하고 말을 꺼낸다. 맞는 말이다. 우리는 니체의 말과 같이 "가까운 곳에 대한 사랑보다 더 먼 곳에 대한 사랑"에 익숙해져서 지척의 사람에 대한 사랑을 모르고 사는지도 모른다.

"할머니 커피 한잔 드릴까요?"
"아니요. 오래 살라고 안 먹어요."

남편은 통영에 살고, 당신은 통영에서 대매물도로 오가며 살고 있다는 민박집 할머니의 삶과 떠돌며 살고 있는 나의 삶. 저마다 다른 삶이지만, 이리저리 오가는 것은 다 같은 것이 인간의 삶인데, 길지 않은 인생길이 어찌 그리 다르면서도 같은지. 항상 아쉬움과 그리움으로 살아가는 것이 인생이다.

아우라지에서
정선으로 가던 철길에서의 추억

한강을 다섯 번이나 걸었다. 처음 걸었던 때가 2001년 이른 봄이었다. 검룡소(한강의 발원지)의 맑은 물을 한 모금 마시고 걷기 시작한 길에서 수많은 사람과 사물, 그리고 우리 국토의 속살을 봤다. 가슴에 포근히 안겼던 풍경 중 기억에 오래 남은 길은 아우라지에서 정선까지 이어진 정선역 철길이었다. 구절리역에서 열차를 타고 아우라지역에 왔고, 그곳에서 철길과 국도를 번갈아 걸었다.

젊은 시절, 철길을 걸어갈 때마다 얼마나 많은 자살의 유혹에 시달렸던가. 그러나 나는 실행하지는 못하고 계속 다음, 그 다음을 기다리다가 이 나이에 정선으로 향하는 철길을 걸으며 그 시절을 회상하는 것이리라.

생각보다 철교는 길다. 촘촘히 연결된 침목을 건너서 바라본 강물은 짙푸르기 이를 데 없다. 강원도 정선군 북평면 장열리에서 함경북도 나진으로 건너던 나루터는 사라져 없고 철길

너머로 붉은 언덕이 푸르른 녹음 사이로 보인다. 긴 다리 장열 대교를 지나 강길을 따라 걷는다.

그때로부터 몇 번을 더 많은 도반과 걸었다. 이렇게 우리 강(한강, 낙동강, 금강, 섬진강, 영산강), 우리나라 옛길(영남대로, 삼남대로, 관동대로 등)과 동해 바닷길(해파랑길) 그리고 서해안과 휴전선을 걸었다. 우리 국토를 40여 년간 이렇게 저렇게 걷고 또 걷다 보니 어느새 세월이 강물처럼 흘렀다. 언제까지 걷고 또 걸을지 모르지만, 걷다가 생을 마감하는 아름다운 객사客死를 꿈꾸며, 내일도 모레도 걸을 것이다.

> 산다는 것은 떠돈다는 것이고,
>
> 쉰다는 것은 죽는다는 것이다.

용재 성현慵齋 成俔의 말을 경구처럼 떠올리며 걷고 또 걸어갈 길이여, 삶이여.

3장

후회 없이
돌아가다

언젠가는 돌아갈 것이다
두고 떠나온 고향을 향해서

부처님이 태어나신 날 새벽에

‘부처’란 무엇인가? ‘진리를 깨달은 자’다. 모든 이치를 깨달은 부처가 말했다.

“나 이외에는 모두가 나의 스승이다.”

『법구경』에 실린 글로, 삶이 매 순간 배우는 것이고 누구에게나 배울 것이 있다는 것이다. 80여 년간 수많은 사람에게 지혜와 삶의 길을 제시한 부처는 임종을 앞두고 다음과 같이 말했다.

“너희들은 스승이 떠나갔고, 우리에게 스승이 없다고 생각할 수도 있다. 하지만 그렇게 생각하지 말지어다. 내가 너희들에게 전해준 가르침과 규칙이 나의 죽음 뒤 너희의 스승이다.”

이 세상의 모든 사물은 오면 간다. 나도 당신도 그렇다. 독일의 철학자 칸트도 말했다.

“신과 부처조차도 인간의 도리를 거스를 수 없다.”

누구나 우주의 이치를 거스를 수 없다. 그래서 부처가 이 세상에서 남긴 마지막 말은 더 깊고도 깊다.

"태어나는 모든 사물은 덧없으며 결국 죽는다."

그래서 삶이 중요한 것이고, 살아 있다는 것은 축복이다. 지금 내가 살아서 한 자 한 자 글을 쓸 수 있다는 것, 내가 당신에게 글을 쓸 수 있다는 것, 얼마나 소중한 일인가. 그래서 계속 쓴다.

세상은 살아볼 만하다.

세상은 걸어볼 만하다.

그리고 언젠가는 돌아갈 것이다. 두고 떠나온 고향을 향해서.

문득
그리운 사람이 있다

여기저기를 봐도 세상이 을씨년스럽다. 코로나19 때문일 수도 있지만, 언제부턴가 세상이 그렇게 됐다. 좋은 소식은 들리지 않고, 스스로의 이익만을 위해 이합집산이 난무하고, 서로서로 헐뜯고, 자기만 잘 살면 된다는 생각들이 대세를 형성하면서 어떻게든 높은 자리에 올라가 완장을 차기 위해 혈안이 되어 있다.

이렇게 개인주의와 한탕주의가 설치는 세상에서 올곧은 목소리를 내는 사람은 불과 몇 사람 안 되어 "어디 그런 사람 없소?" 하고 혼잣말을 하다 떠오르는 사람이 민족시인 한용운이다.

한용운이 설악산 자락 백담사에서 참선에 깊이 잠겨 있을 때 인제 군수가 이곳에 찾아왔다. 절에 있는 모든 사람이 나가서 영접했지만, 한용운은 가만히 앉아 있을 뿐 내다보지도 않았다. 군수는 그것을 매우 괘씸하게 여겨 욕설을 퍼부었다.

"저기 혼자 앉아 있는 놈은 대체 뭔데 저렇게 거만한가?"

군수의 말을 들은 한용운 선생이 다음과 같이 물었다.

"왜 욕을 하느냐?"

그 말을 들은 군수는 더 화가 나서 소리쳤다.

"뭐라고 이놈! 너는 도대체 누구냐?"

그러자 한용운 선생이 대답했다.

"나는 한용운이다."

그러자 군수는 더 핏대를 세운 뒤 소리쳤다.

"한용운은 군수를 모른단 말인가?"

한용운 선생이 더욱 노하여 큰 목소리로 말했다.

"군수는 네 군수지, 내 군수가 아니지 않느냐?"

기지가 넘치고 위엄 있는 한용운의 말에 군수는 대답을 못 하고 절을 빠져나갔다.

3.1 운동이 끝난 뒤 민족 대표들은 모두 감옥에서 고민하고 있었다. "감옥에 갇혀 있다가 이대로 죽임을 당하고 마는 것이 아닐까? 평생을 감옥 속에서 살지나 않을까?" 그들이 속으로 이러한 불안을 안고 절망에 빠져 있던 중 33인은 극형에 처한다는 말이 풍문으로 떠돌았다. 한용운은 태연자약하게 지내고 있었지만 몇몇 사람은 대성통곡을 하였다. 이 모습을 지켜보고 있던 한용운 선생이 격분하여 감옥 안에 있던 똥통을 그들에

게 뿌리며 호통을 쳤다.

"이 비겁한 인간들아, 울기는 왜 우느냐. 나라 잃고 죽는 것이 무엇이 슬프단 말이냐. 이것이 소위 독립선언서에 서명을 했다는 민족 대표의 본 모습이냐? 이따위 추태를 부리려거든 당장에 취소해버려라!"

한용운의 호통에 놀란 민족 대표들은 쥐 죽은 듯이 가만히 있을 뿐이었다. 한용운 선생이 3.1 운동으로 3년간의 옥고를 치르고 출소하던 날, 많은 인사들이 마중을 나왔다. 이들 중 대부분은 독립선언을 거부한 사람이며, 또 서명하고도 일제의 총칼이 무서워 몸을 숨겼던 사람들이었다. 한용운 선생은 그들이 내미는 손을 거들떠보지도 않고 오직 얼굴만을 뚫어지게 보다가 그들에게 침을 탁탁 뱉었다. 그리고 다음과 같이 말했다.

"그대들은 남을 마중할 줄은 아는 모양인데, 왜 남에게 마중을 받을 줄은 모른단 말인가?"

남을 섬기는 사람은 찾을 수 없고, 섬김을 받고자 하는 사람만 많은 게 요즘 세상 풍경이다. 섬김을 받는 것, 당연 좋은 일이다. 마찬가지로 누군가를 진심으로 섬기는 것도 좋은 일이다. 마음을 다해 이 나라 이 땅을 섬겼던 사람들은 사라지고, 지금은 개인의 영달과 재부를 늘리는 데만 혈안이 된 사람들이 서로 파벌을 지어 난리가 아니다. 사람을 한울처럼 섬기고 사람들로부터 마음에서 우러나오는 마중을 받을 사람이 얼마나 있겠는가. 스스로를 마중하고 칭찬하는 시대, 겉만 번지레한 시대가 현시대다.

세상이 한심하다고 여길수록 몹시도 그리운 사람. 한용운을 비롯한 지조 높았던 옛사람들, 그들이 그립고 또 그립다.

아름답고 감미로운 우리말 다섯 가지

나는 가끔 이 나라에 태어난 것이 황송할 정도로 고마울 때가 있다. 그것은 우리말인 한글이 너무 아름답기 때문이다. 고향인 진안군 백운면의 운교리는 옛날 냇가에 구름과 같은 다리가 놓여 있었기 때문에 '구름다리'로 부르다가 운교리로 바뀌었고, 내가 살았던 백암리는 흰바우가 있어서 '흰바우마을'이다.

옛사람들은 우두커니 한 곳만 바라보는 모양을 두고 '물끄러미 바라보다'라는 말을 썼고, 나직한 목소리로 정답게 서로 말하는 소리나 모양을 두고 '도란도란'이라고 했다. 또 얽혀 있거나 뭉쳐 있던 것이 풀리는 것을 '사르르 풀리다'라고 했는데, 그 말들이 어찌나 아름다운지.

봄이면 밭이랑에서 콩을 심을 때 "여긴 검정콩을 심고, 저기는 '푸렁 콩'을 심어야 한단다." 하시며 녹두를 심으시던 할머니. '푸렁'이라는 말이 시대와 지역을 뛰어넘어 평안도나 전라도 등 어디서나 쓰였다. 지금도 내가 지치고 힘들어 포기하고 싶을 때마다 기억 저편에서 할머니의 맑고 카랑카랑한 음성이 자장가처럼 혹은 회초리처럼 영혼을 후비고 지나갈 때가 있다.

"어서 후딱 일어나야지?"
"우리 손자 솔찬히 잘했네. 일어나 시나브로 가야지?"
"하먼, 어떻게 한다냐?"

내가 알고 있는 순수한 우리말이 기억의 서랍 속에서 사라지고 있으니, 이를 어떻게 하나. 내 어린 날을 지켜봤던 섬진강은 예나 지금이나 변함없이 흐르는데.

아침에 대한 상념

하루가 저물면 어둠이 세상을 삼켜버린다. 어둠 속에서 새벽은 멀기만 할 것 같은데, 어둠이 짙어질 대로 짙어진 뒤에 서서히 여명黎明이 밝아온다. 아침은 매일 죽고 다시 태어나는 삶처럼 신선하기도 하지만, 매일매일의 생성과 소멸이 어느 한 가지도 새로움을 주지 못하고 지리멸렬하게 반복될 때도 있다.

'이렇게 살아도 된단 말인가?' '내 삶이 이렇게 허망하단 말인가?' 하는 마음을 들쑤시는 번민과 고뇌들도 하루가 저물고 난 저녁 무렵이나, '잠'이라는 마술에 빠져드는 시간에는 잠시 휴식을 취하기 때문에 사람들은 질리지도 않고 잠을 자며 시간을 잊고 사는 것인지도 모른다. 그렇다면 사람들은 어떤 아침이 곁으로 다가오기를 기다리는 것일까?

단지 시간이 경과하기만 하면 먼동이 트는 그런 아침이 아니다.

우리 육신의 눈을 닫아버리는 빛은 우리에게는 암흑일 것이다. 새벽 뒤에는 더 큰 날이 있다. 해는 아침 별에 지나지 않는다.

헨리 데이비드 소로의 글이다. 소로는 월든의 숲속에서 2년 2개월만 살다가 되돌아왔다. 소로의 말로는 가야 할 이유가 있었던 것처럼 와야 할 이유도 있었다고 한다. 그는 한 가지 삶만 살고 싶지 않았다. 2년이 되자 숲속의 생활도 습관이 됐다. 그곳에서 살기 시작한 지 일주일도 안 되어 오두막에서 물가까지 걸어 다니는 길이 생겼다. “습관은 창조성을 죽일 위험이 있다.” 소로가 그 숲속에서 깨달은 것 중의 한 가지가 사람은 자기가 꿨던 꿈의 방향으로 굳건히 나아가면 평범한 환경에서도 뜻밖의 성공을 거둘 수 있다는 것이다. 특히 단순하게 살면 살수록 성공의 확률은 더 높아진다. 그러나 단순하게 사는 것은 쉬운 일이 아니다. 누구나 생각이 너무 많기 때문에 순간순간 다른 생각들이 떠오르기 때문이다.

같은 것에 대해서도 아침이냐, 저녁이냐에 따라 생각이 달라진다. 그렇다면 진실은 어디에 있는 것일까? 저녁의 생각 속에, 아니면 정오의 생각 속에? 두 가지의 대답, 두 가지 종류의 인간들.

알베르 카뮈가 『작가수첩』에 쓴 글이다. 어디 두 가지 생각,

두 가지 대답뿐일까? 중요한 것은 변화하는 순간에 살고 있는 것이 인간이라는 존재고, 순간순간 생각하고 결단해야 하는 것이 인간이다.『작가수첩』을 다시 읽다가 오늘의 내 삶이나 다름없는 삶들이 장소나 시공을 초월하여 비슷할 수도 있다는 사실에 놀란다. 언제부터인가 비롯된 기다림의 세월, 기다리는 것이 확실히 무엇이라고 설명할 수 없는 것들을 기다리고 또 기다릴 뿐인데, 세월 속으로 삶이 자꾸 새어나가고 있다. 문득 환청처럼『햄릿』의 대사가 들린다.

"저길 보게, 붉은 망토를 걸친 아침이 저편 동녘 산마루의 이슬을 밟으며 건너오고 있지 않은가?"

말로써 말이 많은 이 세상을 사는 법

말이 말을 하고, 말로써 말이 많다. 그런데 말을 그만둘 수 없는 게 세상이고, 그래서 나 역시 말이 많고 그대 역시 말이 많다. 나이가 들기 전에도 그랬는데, 나이가 들어서도 고치지 못하는 것이 말하는 것이다. 그렇다고 묵언수도默言修道를 하는 스님도 아니기 때문에 말로써 말이 많아도 말을 해야 사는 것이다.

가끔씩 '습관이 오래되면 품성이 된다'는 말로 위로하지만 해야 할 말과 안 해야 할 말을 가리지 못하고 다 하고 나서야 후회하는 말의 무상함이여! 그 말에 대해 조선 중기의 문장가인 상촌 신흠象村 申欽은『구정록』에 다음과 같은 글을 남겼다.

성인은 부득이 해서 말을 했고, 현자賢者는 말해야 할 때 말을 했고, 후세의 유자儒者의 이름을 가진 자는 말할 필요가 없는데도 말을 하였다.

부득이해서 말을 하였기 때문에 그 말의 뜻이 만물의 뜻을 개통하여 천하의 일을 성취하기에 족하므로 후세의 법이 된 것이다. 말해야 할 때 말을 하였기 때문에 그 말이 사람을 감동시키기에 충분하여 당세의 쓰임이 된 것이다.
말할 필요가 없는데도 말을 하였기 때문에 지붕 위에 지붕을 얹는 것으로 실용에 아무런 도움도 주지 못한 채 지리멸렬하여 곧잘 염증을 내게 되는 것이다.

여기저기 말들이 춤을 추고, 말들이 허공을 날아다니며 또 다른 말을 만들어 낸다. 그 말들이 봄바람처럼 훈훈하기도 하지만 어떤 때는 날카로운 창이 되기도 하고, 바늘이 되어 콕콕 찌르기도 한다. 말이 성찬을 차리기도 하고, 말이 말을 낳아서 무기가 되기도 하고, 허망함이 되기도 한다. 어떻게 사는 것이 가장 현명한가. 다시 신흠의 말이다.

총명하고 성스러운 지혜를 소유하였으면서도 어리석음의 태도를 견지하고, 공적이 천하를 뒤덮어도 겸허한 자세를 지키는 이 도리가 가장 좋다.

고금을 통해서 본다면 별것도 아니면서 그것을 뻥 튀어서 대단한 것으로 여겨 오만방자하게 되고, 분수를 모르게 되면서 세상이 시끄러워지는 것이다. 이 풍진 시대, 풍진 세상에 당신은 어떤 말을 하면서 어떻게 살고 있는가?

연암의 한숨과 탄식

내가 열서너 살 무렵 할머니를 비롯해서 집안 어른들에게 가장 많은 지적을 받았던 것이 한숨 쉬는 것이있다. 한숨 쉬는 날 보면, "웬 어린애가 그렇게 한숨을 많이 쉰다냐. 그러다 하늘이 무너지고 땅이 꺼지겠다." 하셨다. 당시의 생활이 내 딴엔 마음에 들지 않았기 때문에 그렇게 한숨을 쉬었을 것이다.

국어사전에 '한숨'은 '근심이나 설움이 있을 때 길게 몰아서 내쉬는 숨'이라고 실려 있는데, 그와 비슷하게 쓰이는 '탄식'은 '한탄하여 한숨을 쉼'이라고 실려 있다. 탄식에 관한 글이 연암 박지원의 『열하일기』의 「혹정필담」에 한 편 실려 있다.

혹정과 닷새를 지낸 연암이 혹정에게 물었다. "선생은 평소에 어째서 자주 탄식을 하십니까?" 하였더니 혹정이 다음과 같이 답했다. "이것은 나의 한 가지 병으로써 후하고 기운을 내뿜는 버릇이 드디어 탄식으로 굳어버렸습니다. 평생에 글을 읽어도 세상에 뜻대로 안 되는 것이 십중팔구이니, 어찌 병이 생기지 않겠습니까." 연암이 다시 "글을 읽을 때마다 세 번씩 탄식을 지으신다면, 선생의 탄식은 가태부賈太傅의 여섯 번 지은 탄식보다 6만 번이나 많을 것 같군요." 하자, "천하의 일이란, 매양 물 하나를 사이에 두고 건너느냐 못 건너느냐 하는 싸움이라 할 수 있어요. 공자가 논어에서 하수河水에 이르러 말씀하기를, '내가 이 물을 건너지 못하는 것은 명命이야.'라는 한 구절에 이르러 세 번 탄식하였고, 항우項羽가 오강烏江을 건너지 않았다는 대목에 이르러 또 세 번을 탄식하였으며, 종유수宗留守가 세 번 외쳐 '하수를 건너라.' 하는데 이르러서 미상불 또 세 번을 탄식했으니. 이만해도 아홉 번이나 탄식을 한 것으로, 가태부의 여섯 번 탄식보다 많지 않습니까." 하고는 둘이서 깔깔 웃었다.

강물 하나를 건너느냐 마느냐에 천하의 일이 걸렸다는데, 정철의 「사미인곡」에 나오는 "짓느니 한숨이요, 흐르나니 눈물이라."라는 구절처럼 가끔 한숨을 쉬는 나를 발견한다. 나는 지금 강가에서 물은 건너지 못하고 한숨만 쉬고 있다. 언제쯤 한숨과 탄식을 멈추고 강을 건너게 될 것인가.

당이 다르면 옷도 다르고, 인격이나 언동까지 다르다

충청북도 괴산군 청천면에 화양동구곡이 있다. 그곳에 있는 암서재巖棲齋는 서인의 영수로 이름을 드높인 우암 송시열尤庵宋時烈이 머물며 제자를 가르쳤던 곳이다. 바로 옆에 일명 큰절이라고 부른 환장사煥章寺가 있다. 환장사가 언제 창건되었는지는 정확하게는 알 수 없다. 하지만 절 앞에 여덟 가지 소리가 난다는 팔음석八音石이 있고, 숭정제崇禎帝의 친필인 '비례부동非禮不動' 넉 자와 '사무사邪無邪' 석 자가 보관되어 있다.

화양동서원이 한창 드날리던 시절, 이 절의 한 스님은 이곳에 들르는 사람들의 형태만 보고도 그 사람이 어떤 당파에 속해 있는지를 정확하게 알아냈다고 한다. 예를 들어 만동묘 앞을 지날 때 근신한 뜻이 안 보이며 활달하게 떠들고 지나가는 사람은 '진보적이던 남인南人' 이었다.

또한 만동묘에 이르러서 쳐다만 봐도 감개무량하게 여기고 몸을 굽혀 지나가는 사람은 '보수적인 노론老論'이고, 그저 산수

구경을 간단히 하고 만동묘 구경도 절차를 무시한 채 절에 와서는 중을 곧잘 꾸짖었던 사람들은 '혁신적인 노론'이라는 것이다.

그뿐만이 아니었다. 당색黨色에 대한 강인한 집념은 당색의 옷 디자인이나 머리 모양에 드러났다고 한다. 노론 가문의 부녀자는 저고리의 깃과 섶을 모나지 않고 둥글게 접었으며, 치마 주름은 굵고 접은 수가 적고, 쪽머리도 느슨하게 늘어서 지었다. 이에 비해 소론少論 가문의 부녀자는 깃과 섶을 뾰족하고 모나게 접었다. 이처럼 모난 디자인을 '당코'라 불렀으며 소론 가문을 당코로 속칭했던 것은 이 때문이었다. 치마 주름 수도 많고 잘며, 쪽머리도 위쪽으로 바짝 추켜 세웠다. 이 같은 옷매무새나 머리 모양은 당의 정신과 잘 부합되고 있음을 알 수 있다. 노소론의 분당 원인은 주자학朱子學을 둔 보수적 해석과 진보적 해석 때문이며, 곧 보수 혁신이 분당의 분기점이었던 것이다.

당코처럼 날카로운 디자인, 잔주름 많은 치마, 바짝 올려붙인 쪽머리가 진보적 이미지를 부각하고 있고, 완곡한 옷깃, 굵은 치마 주름, 느슨한 쪽머리는 보수적 이미지를 물씬 나게 한다. 그들이 속해 있던 당색이 인격이나 언동, 그리고 옷차림새에 배어버린 것을 보면 우리 선조들은 이와 같이 당색과 절충 융합해 있던 것 같다.

그러한 당색이 오늘날까지도 줄기차게 이어져 왔다. 동인에서 남인과 북인으로 갈라지고, 서인에서 노론과 소론으로 갈라지면서 당색은 더욱 깊어졌다. 그러한 폐단 때문에 질곡의 세월을 보낸 끝에 『택리지』를 지은 이중환의 말은 오늘날에도 큰 울림을 주고 있다.

"정사政事하는 것을 보면 자신의 이익만 도모하고, 실상 나랏일을 걱정하는 사람은 적다. 관직을 매우 가볍게 여기고, 관청을 주막같이 생각한다."

조선 시대의 전통이 지금까지 이어져 현대에도 당마다 옷 색깔이 다르다. 파란색, 빨간색, 노란색, 초록색 등 당의 특색을 나타내고, 그들만의 고유언어로 상대방을 공격하고, 같은 당을 똘똘 뭉치는 데 활용하기도 한다. 오랜 세월 속에 또 한 가지 변하지 않는 것이 있다. "나하고 생각이 같으면 군자君子고, 나하고 생각이 다르면 소인小人이다."라는 허균의 '군자소인지변'이라는 말이 하나도 변형되지 않고 진행되어 왔다. 남의 티끌만 보인다는 속담이 무색하지 않은 세상이 되고 말았다.

지금은 우파네, 좌파네 하며 서로의 등을 떠밀며 날 선 칼을 겨누고 있는 세상 속에 대한민국이라는 배가 역사의 거센 풍랑에 흔들리고 있다. 이 배가 정박할 따사로운 항구는 어디에 있는가?

길에서 배운
세상의 이치

어린 시절 나는 항상 한쪽 손을 방바닥에 짚고 밥을 먹었다. 그것 때문에 할머니나 어머니에게 핀잔을 듣곤 했다. 이유는 이러했다. '땅에 손을 대고 밥을 먹으면 그 복이 땅으로 들어가서 가난하게 산다'. 그래서 그랬는지 나의 초년 운세는 어느 것 한 가지도 잘 풀리지 않았다.

내 운명이 그러한 것이라고 여기면서도 슬퍼하고 벗어나고자 애를 쓰기도 했다. 하지만 운명의 길에서 한 치도 벗어나지 못했다. 요즘에야 바닥에 손을 디디고 밥을 먹었기 때문에 내가 죽으나 사나 길 위에서 대지와 호흡하며 걷고 있고, 그것이 더할 것도 뺄 것도 없는 나의 운명이 아닌가 생각한다.

오랫동안 바르게 앉아 밥을 먹고 살았는데, 요즘엔 가끔 옛날처럼 한쪽 손을 방바닥에 딛고 밥을 먹는다. 이제는 누구도 뭐라 하는 사람이 없다.

그때마다 떠오르는 빈센트 반 고흐의 짧은 글이 있다. "나무는 별에 가닿고자 하는 대지의 꿈이다." 어린 날의 나도 하늘에 닿고자 하는 마음으로 땅을 짚은 채 밥을 먹은 것은 아니었을까. 대지에 손과 발을 오랫동안 붙이며 살아가기 위해 어린 날부터 대지와 친숙해졌던 것이다. 대지를 한 발 한 발 걸어 다니면서 책에서 배운 것보다, 사람들에게 배운 것보다 더 많은 진리와 세상의 이치를 배웠다. 나는 산천과 길에서 배웠다고 자신 있게 말할 수 있다.

좋아하는 것을 하면서 사는 것이 가장 행복하다

길을 걷다 보면 숙명적으로 접할 수밖에 없는 것이 매연이다. 관동대로를 따라 걸을 때, 자동차 소음과 매연 때문에 걷기가 힘들다고 하소연하는 도반에게 소음은 아름다운 소네트나 협주곡으로 여기고, 매연은 보약처럼 여겨야 암이 안 생길 거라고 말했다.

나는 진실로 모든 것을 운명으로 받아들였다. 내 상처와 절망을 이렇게 치유했다. '모든 것이 내 운명이다. 내 탓이다' 하고 모든 것을 내려놓고 걸으면서 생각하고, 생각하면서 쓰고, 쓰고서 온몸으로 실천했다. 그것이 책이 되어 수많은 이야기가 우리 국토에 뚜렷이 새겨졌다.

그리고 내가 좋아하는 것만을 하다 보니 그것들이 하나하나 열매를 맺기 시작해, 그 길을 계속 걷고 또 걷고 있는 것이다. 나와 비슷한 생각을 오래전에 철학자 버트런드 러셀이 말했다.

"나는 좋아하는 담배를 피우고, 좋아하는 것을 먹고, 좋아하는 것을 마신다. 나와 같이 타고난 건강한 사람에게는 자기를 망각하는 것이 최상의 건강법이다. 이것이 나의 평생의 체험이다."

그리고 다음과 같은 말을 덧붙였다.

"나는 젊을 때부터 피는 담배는 수명을 단축시킨다고 들었다. 그러나 나는 60년 동안 담배를 피웠지만, 수명이 그렇게 단축된 것 같지 않다. 노망해서 수년간 더 사는 것보다는, 담배를 피우는 것이 훨씬 더 많은 즐거움을 준다. 나는 쉬지 않고 담배를 피운다. 잠잘 때와 식사 할 때만 파이프를 놓는다."

저마다 다른 체질을 갖고 태어나기 때문에 어떤 사람에게는 담배가 해롭고, 어떤 사람에게는 담배가 이롭다. 마찬가지로 어떤 사람에게는 콜라가 해롭지만 나에게는 콜라가 보약처럼 좋게 작용해서 이렇게 건강하게 걷고 있는 것인지도 모른다.

수명 역시 마찬가지라서 그 누구도 마음대로 할 수 없는 것이고, 건강도 역시 그렇다. 오랜 인류가 연구한 의술로도 생로병사는 마음대로 할 수가 없고, 단지 조금씩 조심하고 노력할 뿐이다. 그래서 나는 좋아하는 것을 연애하듯 하면서 살다가 생이 다하는 날 후회 없이 돌아가고 싶다.

인생이라는 길에서 만나는 소중한 인연

다산 정약용은 젊은 시절 인생길에서 중요한 사람들을 만난다. 누님의 남편이었던 이승훈李承薰, 그리고 큰형수의 동생이었던 광암 이벽曠庵 李檗과 사귀게 된다. 청년 시절 다산에게 가장 많은 영향을 줬던 사람은 8년 연상의 이벽이었다. 그는 뒷날 한국 천주교에서 창립 성조로 받드는 인물이다.

다산의 둘째 형 정약전과 함께 "일찍이 이벽을 따랐다."는 기록을 남겼던 것에서 보듯이 정조에게 중용을 가르치다가도 의문이 있으면 이벽에게 자문을 구하곤 했다. 물이 흐르듯 하는 담론으로 사람들이 따랐던 이벽은 뛰어난 활약으로 천주교를 전파했다.

중국에 가서 서양 선교사에게 조선 최초로 세례를 받은 이승훈은 다산의 매형이고, 최초의 천주교 교리 연구회장으로 순교한 정약종은 셋째 형이며, 전동성당 자리에서 순교한 진산 사람 윤지충尹持忠은 다산의 외사촌이다. 이렇듯 다산의 주변 사람들이 한국 천주교 창립을 주도한 사람들이었다. 정약용은 이가환李家煥, 이승훈 등과 교류했는데 이가환은 경세치용학파 실학자였던 성호 이익星湖 李瀷의 종손이었다.

1785년 을사년 이른 봄, 이벽의 주재로 명례방(지금의 명동 성당 자리)의 김범우(역관과 의원을 겸업한 중인) 집에 수십 명이 모여 '설법교회'를 열었다. 그때 형조에서 집회 현장을 덮쳤다. 집회 참석자들인 정약용과 형들인 약전과 약종, 그리고 이승훈, 권일신 등 한국천주교회 창립의 핵심 멤버들이 붙잡히게 되는데 그때 그 사건을 '추조적발사건'이라고 부른다.

결국 주동자 이벽은 자신의 집안과 아버지의 죽음을 건지기 위해 "그럼 안 나가겠습니다." 하고 한발 물러섰다. 식음을 전폐한 그는 15일간 자신의 방에서 기도와 명상을 하다가 탈진해 죽었다. 1785년 음력 6월 14일, 그의 나이 32세였다. 다산은 이벽을 기리며 「우인이덕조만사」를 지었다.

선학이 인간세계에 내려온 듯
훤칠하였던 그 풍채.
날개와 깃촉이 흰 눈처럼 희어서
닭이며 오리 싫어하고 분노했네.
울음소리 높은 하늘에 진동하여
맑고 고운 음향 풍진을 벗어났더니,

갈바람 타고 문득 날아가 버려

남은 사람만 슬프게 만드누나.

그리고 뒷날 유배지 강진의 다산초당에서 『중용강의보』를 정리한 뒤 "이 책은 망우亡友 이벽과 토론한 내용을 새로 정리한 것"이라고 쓴 뒤 다음과 같은 글을 남겼다.

이제 멋대로 노닐던 때가 아득하고 옥음도 길이 막혔도다.

이미 질문할 곳도 없는데,

헤아려보니 광암과 토론을 벌인 때가 벌써 30년이 지났도다.

광암이 지금까지 살았더라면

그 나아간 덕과 넓은 학식이 어찌 나에게 비할까 보냐.

꾸며진 책을 어루만지며 흐르는 눈물을 주체할 수 없도다.

수십 년이 지나도 가슴 미어지게 그리운 사람이 있어서 한없이 흐르는 눈물을 주체할 수 없다는 것은 얼마나 다행스럽고도 쓸쓸한 일인가? 지나간 세월, 추억 속의 그 사람들이 주마등처럼 스쳐 지나가는 한밤중이다.

그대의 지나간 삶은 얼마나 행복했는가?

병실에 들어서며 침대를 보자 어머니는 눈을 뜬 채 천장만 바라보고 계셨다.

"어머니 저 왔어요. 제가 누군지 아세요?"
"응. 신정일."
"누가 제일 보고 싶으세요?"
"다."

그리고 어머니는 입을 다물고 금세 잠이 드셨다. 뼈만 앙상하게 남으신 우리 어머니. 어머니에게 더 이상 무엇을 물을 수가 없다는 것은 아픔인가 아니면 체념인가. 이미 지나간 시절의 이야기다.

독일의 문호 괴테는 인생을 회고하며 행복했던 날이 28일밖에 안 되었다고 술회했는데, 영국의 시인 바이런은 한술 더 떠

그가 일생에서 행복하다고 생각했던 날은 3시간밖에 안 된다고 했다.

인간의 행복과 불행도 저마다 정하는 기준이 천차만별이라서 어떻게 규정하는 것이 옳은지 모른다. 그러나 분명한 것은 인생을 어느 정도 살고 난 뒤에는 행복했던 시간보다 불행하고 쓸쓸했던 날들이 훨씬 더 많다는 것이다.

그래서였을까. 중국의 시인 소동파蘇東坡는 "인생은 봄꿈이 깨어져 흔적이 없는 것과 같다."라 하였고, 중국의 시인 이백李白은 "뜬세상은 꿈과도 같도다. 기쁨을 느껴본 적이 몇 번이던가?" 하면서 살아온 생을 회고했었다. 알지도 못하고 태어나 결국 인생이 무엇인지 모르고 떠나는 세상을 두고 철학자 키케로는 "지난날의 불행한 추억은 감미롭다."라고 말했다.

그대는 인생을 무엇이라고 정의하는가?

쇼펜하우어와 그의 어머니 요한나

독일의 철학자 쇼펜하우어는 어머니와 사이가 좋지 않았다. 쇼펜하우어의 어머니 요한나는 바이마르의 사교 모임을 이끌었던 사람이며 작가였다. 어머니는 쇼펜하우어를 싫어했고, 쇼펜하우어 역시 소설을 쓰는 어머니를 못마땅하게 여겼다. 쇼펜하우어와 그의 어머니가 결정적으로 갈라선 것은 쇼펜하우어가 「충족이유율의 네 가지 근원에 대하여(1813)」라는 박사학위 논문을 발간하면서였다. 발간한 뒤 어머니는 책을 놀렸다.

"약사들을 위한 책인가 보구나."

그 말을 들은 쇼펜하우어는 버럭 화를 내고 말았다.

"어머니가 쓴 책이 세상에서 완전히 사라져도 제가 쓴 책은 오래도록 읽힐 것입니다."

그의 어머니도 질세라 다음과 같이 응수했다.

"그럴 테지. 네 책은 초판 그대로 안 팔리고 쌓여 있을 테니."

그 순간 모자 사이에 전례 없던 긴장감이 흐르기 시작했다.

괴테가 언젠가 요한나에게 다음과 같이 말한 적이 있다.

"아드님은 장래에 반드시 유명한 인물이 될 것입니다."

괴테의 말과 같이 쇼펜하우어는 세계 철학사상 가장 위대한 철학자 중 한 사람으로 꼽힌다. 반면에 사람들은 그의 어머니는 아들을 통해서 알았으며, 그녀의 작품을 기억하는 사람은 몇 없다. 어머니와 쇼펜하우어의 관계는 결정적인 파국을 맞았다. 자신에 대한 어머니의 마음을 감지한 그는 다음과 말을 남기고 바이마르를 떠나 드레스덴으로 갔다.

"어머니의 이름은 훗날에 제 이름을 통해 알려지게 될 것입니다."

그때가 1814년 5월이었다. 그의 어머니 요한나는 그 뒤로 24년을 더 살았다. 하지만 모자가 같은 자리에 있었던 것은 그때가 마지막이었다.

어머니와 자식 사이란 무엇인가? 어떤 부모는 너무 못 줘 안달이고, 어떤 부모는 자식을 짐으로 여기기도 한다. 불과 몇십 년 전만 해도 부부가 갈라서게 되면 자식을 서로 키우기 위해 법정 소송까지도 불사했는데, 요즘에는 서로 맡지 않기 위해 난리가 아니다.

그만큼 시대가 달라졌다. 지금이 이러할진대, 10년, 20년이 지난 뒤에는 어떤 일이 일어나 사람들을 놀라게 할 것인가? 심히 우려스럽다. 이 글을 쓰는 동안에도 자식을 해한 기사들이 쏟아져 나온다. 자식과 부모의 관계, 그런 사랑이 자꾸 사라지고 있으니 가슴이 찢어질 듯 아프다.

내 인생의 봄날은 언제였을까

대부분이 선호하는 계절은 바로 봄이다. 누구에게나 봄날이 있을 것이다. 초록초록한 나뭇잎들이 바람에 살랑거리고, 온갖 꽃들이 피어나는 봄날. 바람에 실려 꽃향기가 물안개처럼 그리움으로 피어오르는 그런 봄날이 있었을 것이다. 대부분 청춘 시절이 그런 봄날이었다고 회고한다. 그러나 나의 청춘 시절은 암중모색의 시절도 아니고, 혼돈과 절망, 그리고 고뇌로 점철된 시절이었다. 내 청춘 시절엔 편안하고 행복했던 시절은 한 순간도 없었다. 매일매일 불안했고, 편안한 잠을 이룬 적이 없었다.

그렇다면 내 인생에도 과연 꽃피는 봄날이 있었을까? 돌이켜 생각하면 바로 지금이 봄날 같은 시절이다. 벌어놓은 돈도 없고, 겨우 집 한 채 있으며, 가정이 행복하다고 느끼지도 않는다. 하지만 밥 세끼 걱정 안 하고, 방 한 칸 부엌 한 칸에서 살다가 조금은 넓은 집에 책을 가득 쌓아놓고 살고 있다. 예전에는 꿈도 못 꿨던 삶이 지금의 삶일 것이다.

하지만 얻은 만큼 잃는 법이라고 했던가. 우여곡절이 많았고, 그래서 지금도 어린 시절만큼이나 외롭고 쓸쓸하다. "꼭 필요한 경우에는 일치를, 애매한 경우에는 자유를, 어떠한 경우에도 사랑을." 성 프란체스코가 말한 사람이 살아가면서 지니면 좋을 세 가지이다.

대체로 동감하면서도 지금 이 시절은 두 번째 경우, '애매한 경우에는 자유를'에 경도되어 있다. 가족이거나 다른 사람이거나를 막론하고 애매해서 자유를 줄 수밖에 없는 그것은 슬픔과 체념이면서 동시에 벅찬 사랑이거나 아니면 무관심일 수도 있다. 구차한 변명이라고 해도 할 말이 없다. 지금까지의 삶보다 더 나를, 세상을 관조하며 살아가리라 마음먹지만, 그 또한 지금의 내 마음일 따름이다.

짧다면 짧고 길다면 긴 삶을 살면서 수많은 사람을 만나고 수많은 일을 겪었다. 그래서 사람은 저마다 한 편의 긴 대하소설 같은 삶을 살아간다고 말한다. 그런 의미에서 내 인생도 드라마틱한 하나의 소설이었다.

인간은 태어나 하루에도 수천, 수만 개의 강을 건너며 살아간다. 어떤 사람은 찬란한 햇빛 속에 부서지는 포말들의 갈채를 받으며 건너기도 하지만, 칠흑같이 어두운 밤, 어디로 가는

지도 모른 채 삼킬듯 달려드는 거센 물살을 헤치며 건너는 사람도 있다. 누구나가 건너는 강이지만 저마다 다른 강을 건너며 산다.

내가 살아온 내력을 잘 모르는 사람들은 내가 부럽다고 말하며, 고생 없이 산 사람처럼 보인다고 말한다. 그럴지도 모른다. 내 손은 고생을 모르고 산 샌님의 손처럼 부드럽고, 섬세하다. 그런 사람들에게 나는 소설가 프란츠 카프카의 말을 들려주고 싶다.

> "누구에게 '저 사람은 팔자가 늘어졌다'고, '고생을 거의 모른 채 살았다'고 말하는 것은 듣기에 기분 좋은 소리가 아니다. 그보다는 '고생이 범접치 못하게 생긴 사람'이라고 해주는 것이 훨씬 듣기 좋다. 그러나 가장 듣기에 좋은 소리는 '모든 고생을 다 헤쳐 나온 사람'이라는 것이다. 이것은 '팔자가 늘어졌다'는 것과 같은 뜻이면서도 얼마나 상대를 인정해주는 소린가 말이다."

이 말을 몇 번이고 다시 들려주고 싶다. 사람들이 나더러 돈키호테라고 부르기도 한다. 그러나 돈키호테보다 적절한 표현은 아무래도 '아웃사이더'가 맞을 것이다. 아웃사이더란 인사이더의 반대말로, 중세 서구 사회에서 기독교 국가의 기독교도

들이 이교국異教國의 사람들을 아웃사이더라고 표현했다.

전주에 터를 잡고 산 지 40여 년의 세월이 흘렀다. 그동안의 내 삶은 말 그대로 아웃사이더였다. 정규 학교를 다니지 않았기 때문에 학연이 없었다. 그렇다고 혈연이나 지연도 없었으며, 직장도 다니지도 않았기 때문에 말 그대로 부평초浮萍草처럼 떠돌았다. 어디 한 군데도 매인 데가 없는 아웃사이더였으므로 떠나고 싶을 때 떠나고 돌아오고 싶을 때 올 수 있었던 것이다. 가진 것이 없으므로 지킬 것도 없고, 나라 곳곳을 내 집처럼 내 땅처럼 여기고 떠날 수 있는 자유와 자력갱생의 행운이 온전히 내 것이었다. 인사이더였다라면 꿈조차 꿀 수 없는 자유로운 삶을 살 수 있었던 과거를 고맙게 여기며 나의 남은 생도 아웃사이더처럼 살고 싶다.

희망을 버리러
산으로 들어가던 때가 있었다

희망을 잃어버리고 살았던 때가 있었다. 희망을 버렸다고 생각하는데도 희망이 조금은 남아 있지 않을까 부질없는 꿈을 꾸게 되어 희망을 버리고자 매일 산으로 갔다. 작은 망태기 하나 들고, 명목상으로는 더덕을 캐러 간다고 집을 나서서는 하루 종일 그 깊고 깊은 산중을 쏘다니던 때가 있었다.

전진바우를 지나 열두골로, 열두골에서 곧바로 오르면 선각산이었다. 아스라하게 펼쳐지는 산줄기를 바라보다가, 망바우로 이어지던 능선 길, 망바우에서 백암리와 천천면을 잇는 홍두깨재를 지나 시루봉으로 가다 보면 장수 일대의 산들은 찬연하기만 했다. 시루를 엎어 놓은 것 같다는 시루봉에 올랐다가 장자골 능선을 지나 덕태산으로 이어지는 산릉선, 그 긴 산줄기를 얼마나 여러 번 오르내렸던가.

가을이 깊어지면 골짜기마다 단풍으로 붉게 타오르고 능선에는 하얀 억새들이 군무를 이루었다. 목이 마르면 향기 짙은 당귀의 싱싱한 줄기를 꺾어 먹었고, 그래도 성에 안 차면 산정에 올라 굽이쳐 흘러가는 산줄기를 하염없이 바라보기도 했다. 어떤 때는 자연이 만들어내는 설명할 수 없는 아름다움에 넋을 잃기도 했다. 곁에 아무도 없었기에 내 발소리와 나뭇잎 스치는 바람 소리뿐이었다. 하지만 이 순간이 내게 행운이 아닐까 하는 생각을 하고 발길을 재촉했다. 돌아다니다 지치면 희디흰 피나무에 몸을 기댄 채 오고가는 시간의 흐름을 잊기도 했다.

"선각산 바로 아래쪽은 굵은 더덕이 많고 국골 중간쯤에는 참두릅이 많단다. 망태골 아랫녘에는 다래와 통머루가 많이 열리고 장자골 아래에는 딱주가 많이 자란단다."

문득 아버지 목소리가 내 가슴속에 촉촉이 젖어들며, 땀을 뻘뻘 흘리며 산길을 오르시던 아버지가 내 곁에 있는 듯한 착각에 사로잡히기도 했다. 눅눅한 바람이 내 귓전을 스치고 지나가던 그때, 내가 가야 할 길은 어디에도 없었고 세상의 불행이란 불행, 세상의 절망이란 절망은 오로지 나에게만 있는 것 같았다. 다만 나에게 허용된 것은 오르는 것도 허락하고 내려가는 것도 허락하는 내 고향 뒷산 그 산줄기뿐이었고, 도처에서 나를 바라보고 있는 나무들뿐이었다. 지금껏 내 가슴에 남아 있는 소나무와 갈참나무들, 그리고 온갖 이름 모를 나무들이 나에게 이렇게 말한 것 같다.

"참고 견디면서 나를 보라. 너처럼 외롭긴 마찬가지란다."

내가 할 수 있었던 것은 참고 견디는 것, 그뿐이었다. 그 당시 그냥 견딜 수밖에 없었고, 산이며 들판을 밤낮으로 헤매는 유랑자에 불과했는지도 모른다. "역경에 처했을 때 내 가슴은 뛴다."라는 니체의 말처럼 지금 생각해보면 산을 오르고 내린 세월도 지나고 나니 그냥 보낸 세월이 아니었다. 상처뿐인 내 영혼을 더 견고하게 다지게 했던 인고의 세월이었다.

한여름 밤의 우화

정갈했다. 어디 하나 흐트러진 것 없이 줄지어 서있는 플라타너스. 화단에 피어 있는 온갖 꽃들 사이를 벌과 나비들이 날아다니고 있었다. 먼 듯 가까운 듯 들리는 아이들의 재잘거리는 소리. 그리고 허공을 가르며 날아가는 새 한 마리. 수업을 끝낸 아이들이 우르르 쏟아져 나왔다. 저 무수한 아이 중에 내가 아는 아이가 있을까? 눈 씻고 봐도 없다. 그래, 있을 턱이 없지. 여긴 내 집에서 제법 먼 곳이니까.

여기저기 기웃거리고 서성거리던 중 입안에 침이 고여 무심코 침을 뱉었다. 그때 어디선가 한 아이가 나타나 부드럽게 말했다.

"선생님, 이곳은 침을 뱉는 공간이 아닙니다."

그리고 조금 전까지 내 입에 있다가 땅 위에 내려앉은 침 위로 유리 거울을 덮고 들어올렸다. 그러자 침과 함께 '신정일의 침'이라는 글자가 새겨졌다.

이럴 수가! 놀랍고, 신기하고, 두려웠다. 이 아이는 내가 이곳에 온 줄 어떻게 알았을까. 어떻게 내 이름까지 알았을까? 그 아이가 말했다.

"모든 사람이 저 문을 들어오는 순간 살아온 모든 과거와 현재 그리고 미래가 다 투명하게 드러나기 때문에 그렇습니다. 살면서 잘했던 일은 희미하게 드러나는데, 잘못한 일일수록 선명하게 드러납니다. 선생님의 흔적을 이곳에서 가장 잘 보이는 곳에 걸어놓겠습니다. 저를 따라오세요."

그 아이가 이끄는 대로 운동장을 가로질러 가니 큰 게시판이 세워져 있고 그 위에는 '부끄러움을 가르쳐드립니다'라는 글자가 새겨져 있었다. 그리고 이 땅을 살다 간 사람들의 흔적이 덕지덕지 붙어 있었다 아는 사람이 있을까? 하고 들여다봤다.

공자 "나무 그늘 아래에서 윗옷을 벗고 낮잠을 잤다."

부끄럽지 않은 부끄러운 일이네.

쇼펜하우어 "운동장의 흙 위에다 '사는 게 지겹군'이라고 낙서를 했다."

그 말이 왜 틀린 말인가? 사는 게 지겹지 않은 사람이 어디에 있을까?

진시황 "불로초가 어디 있는 거야? 하고 화를 냈다."

살 만큼 산 게 아니야? 영생하려니까 그렇지!

이태백 "술, 술이 있어야 시를 쓰지! 하고 주정을 부렸다."

그만큼 썼으면 됐고, 그만큼 마셨으면 됐지. 분수를 모르는군.

발레리 "'바람이 분다, 살아 봐야겠다!' 하고서 오래 살지 않았다."

그럼 지금까지도 불행하게 살았으면 좋았겠어?

니체 "'신은 죽었다'라고 외쳤다."

그럼 신이 어디 살아 있나, 신은 인간 세상과는 상관없이 저 먼 피안에서 잘 지내고 있잖아.

내 이름 석 자도 내가 무심코 뱉은 침과 함께 저런 부끄러움 속에 끼어들어 게시판에 붙어 있겠구나. 공자도, 쇼펜하우어도, 이 세상의 그 누구도 이 풍진 세상을 살면서 이런저런 부끄러운 일들을 행한 적이 있고 그래서 가끔 얼굴 붉힐 때가 있구나.

'아이는 어디로 갔지?' 하고 돌아보는 순간 잠에서 깼다. 꿈이었다. 너무 생생했다. 부끄러운 일을 하면서도 부끄러움을 모른 채 오히려 당당하게 소리치며 사는 사람들이 많은 이 시대에 이것은 무슨 뜻일까? 그냥 나도 모르는 한여름 밤의 우화인가?

자다가 일어나
책을 펼치니 들리는 파도 소리

자다가 일어나 책을 펼치고 잠이 덜 깨어 마음까지 약간 몽롱하다고 느끼며 앙드레 지드의 『지상의 양식』을 읽는다. 까마득히 잊고 있다가 가끔 섬광처럼, 배고픔처럼 떠오르던 책, 그 책들이 나를 살게 하는 원천이었다.

슬픔이 밀물처럼 밀려올 때에도, 절망과 고통이 혼돈에 빠지게 할 때에도 나는 여러 책을 곁에 두고 아무 페이지나 무심히 펼쳤다. 나를 살게 했고, 다시 시작하게 했던 책 중에 이 책이 있다.

『지상의 양식』은 앙드레 지드가 스무 살 조금 지난 무렵 어떤 영감을 받아 이런 글을 쓸 수 있었는지는 모르지만, 어떤 때에는 감수성이 과하다 못해 날아오를 것 같기도 하고, 어떤 때는 세상을 다 살아버린 노인의 방관과 체념이 엿보이기도 한다.

"마치 하루가 거기에 죽어가기라도 하듯이 저녁을 바라보라. 그리고 만물이 거기서 태어나기라도 하듯이 아침을 바라보라."

모든 순간은 바로 지금, 지금밖에 없다. 그리고 모든 것은 하늘이 두 쪽이 난다고 해도 강물처럼 흘러가고 있다. 흘러가는 것은 알고보면 덧없다는 것을 모르는 몇 사람들이 세상을 시끄럽게도 하고, 그렇게 살아서는 안 된다고 교훈을 주기도 한다.

어리석은 자들은 입만 열면 어리석은 말을 한다. 그 사람이 어리석다는 것을 모르는 것일까. 알면서도 모르는 채 눈 감고 있는 것일까? 피아彼我를 구분하지 못하는 시간이 흐르고, 시간의 물결에서 벗어나지 못해 허우적거리고만 있다. 내가, 당신도 아닌 내가, 지금 이 한밤에.

당신은 강으로 나가고 싶은가? 아니, 파도 소리 들리는 바다로 나가고 싶지 않은가? 물결 너머, 바다가 부르는 소리가 들리지 않는가?

산을 넘고 강을 건너는 수고를 마다하지 마라

길 없는 길을 나설 때는 약간의 두려움과 망설임이 나를 가로막았다. 하지만 미지에 대한 호기심이 그보다 강렬했기 때문에 나설 수 있었다. '길은 있을 테지. 없으면 돌아오지.' 하고 나섰던 섬진강의 지류 경천. 시내를 건너기 위해 거침없이 내려가니, 작은 시내가 흐르고 있었다. 시내를 건너는 법은 여울만 찾으면 된다. 여울은 시내의 밑이 보이기 때문에 아무리 깊어도 천천히 균형만 잡으면 건널 수 있다. 오랜 경험의 소산이다.

먼저 신발을 벗고, 양말마저 벗고 거침없이 물속에 발을 들이민다. 차다. 아직도 겨울의 끝이기 때문이다. 미끄러운 물이끼를 발가락으로 벗겨내며 한 발 한 발 걸어가 시내를 건너고 다시 신발을 신는다. 누운 갈대숲을 헤치고 나갔는데, 아뿔싸! 내 앞에 넓고도 깊은 시내가 다시 나타났다. 나는 작은 섬에 갇힌 로빈슨 크루소가 되었다.

어떻게 한다. 이리저리 둘러봐도 여울조차 보이지 않는 시

내, 깊이를 알 수 없는 심연이다. 깊이를 짐작할 수 없는 물을 건널 때 가장 위험하다는 것을 많은 강을 건넌 이력으로 잘 알고 있기 때문에 객기를 부려 건너가는 것은 무리다. 결국 건넜던 그 여울을 다시 건너 돌아가니, 도반들이 나를 기다리고 있었다.

이럴 때 느끼는 무참함을 달래는 말, "배우고 익히면 이 또한 즐겁지 아니한가"가 아니라 "돌아가는 것, 이 또한 즐겁지 아니한가"를 되뇌며 걸어가는 길. 인생의 길에 있어 아무리 작은 길이라도 길만 있으면 행복하다. 길 없는 길을 걸어간다는 것, 그것이 얼마나 쓸쓸하고 팍팍한 것인가를 오래도록 걸어본 사람은 안다.

니체는 다음과 같이 말했다. "나는 역경에 처했을 때 가슴이 뛴다." 나 역시 그런 시절이 있었지만 지금은 몸을 사릴 때가 많고, 길 없는 길에 서면 두려움부터 앞선다. 하지만 아직도 내가 걸어야 할 길이 도처에 있기 때문에, 가끔이라도 풍수지리학의 원조인 일행 선사一行 禪師의 말을 되뇌어야 하리라.

"천하를 편력하려거든 산을 넘고 강을 건너는 수고를 마다하지 말라."

나 그리고 그대여, 우리가 이 땅에 살아 있는 한 견지해야 할 자세는 이것이지 않은가?

고전 속에 길이 있다

누구나 저마다의 길을 간다. 걸으면서 가끔 다른 사람이 간 길을 힐끗힐끗 훔쳐보기도 하고, 부러워하기도 하지만, 대개는 자기의 굳어진 품성대로 자기만의 길을 간다. 진로를 변경할 수도 있지만 한 치의 흔들림 없이 한 길을 가는 것이 과연 올바른 것인가, 아닌가를 계속해서 논하게 된다. 그럴 때 앞서 살았던 현인들의 글을 읽으면 지금까지 살아온 생애를 되돌아보게 되고, 조금이나마 진로를 변경하여 걸을 수 있게 한다. 그것이 바로 역사가 증명한 고전의 힘이다. 다음은 원효스님의 「본업경소서本業經疏序」의 일부분이다.

유상有相에 집착한 자는 기다림이 있는 위대한 몸을 가지고,
한이 없는 법상法相을 자주자주 재촉하여 그침이 없고,
명예를 쫓아서 길이 흐르며 공무空無에 고체한 자는
무지한 어둔 생각은 믿고 깨우쳐 나갈 교문을 등지며,

몽롱하게 취하여 깨우침이 없고 머리를 흔들며 배우지 아니한다.

원효 스님은 눈에 보이는 것에만 몰두하여 근원으로 돌아가는 길이 평탄해도 돌아가는 사람이 없음을 한탄하고, 쉬운 길만 찾는 사람들을 질타한다. 원효 스님은 이 경經의 끝부분에서 칠만七慢을 말하고 있다. 칠만은 '일곱 가지의 자만'을 뜻한다.

즉, '만慢'이란 못한 것을 보고 내가 잘한다고 생각하는 것이고, '과만過慢'이라 함은 같은 것을 보고 내가 낫다고 생각하는 것이다. '만과만慢過慢'이라 함은 잘하는 것을 보고도 내가 더 낫다고 생각하는 것이고, '아만我慢'이라는 것은 내 것만이 옳다고 생각하는 것이다. '증상만增上慢'이라 함은 알지 못하는 것을 내가 알고 내가 성취했다는 것이며, '비만卑慢'은 남보다 매우 못한데 조금 못하다고 생각하는 것이다. '사만邪慢'은 덕德이 없으면서 덕이 있다고 생각하는 것으로써 이 일곱 가지를 '칠만'이라고 부른다.

이 세상의 뜻 있는 사람들이 불도에 들어오고자 할 때 이 「본업경소서」를 설법하여 영영 흘러가려는 사람을 그치도록 하고, 팔불八不의 평탄한 길에서 놀며 가게하고, 칠만의 높은 마음을 꺾어버려 몽롱하게 취한 사람을 깨닫게 할 수 있다고 말하고 있다.

그런데 나는 어떤가? 내 마음 속에는 몇 개의 만, 아니 몇십 개, 몇백 개의 만이 도사리고 있다. 가야 할 길을 과감하게 들어갈 생각은 안 하고 이 길이 아닐지 모른다고 서성거리고만 있으니, 언제쯤 그 문들을 박차고 과감하게 나아갈 수 있을까.

올바른 글을 썼던 사람들

세상에 바른말을 해야 하고 바른 글을 써야 하는 직업이 있다. 역사를 쓰는 사람, 바로 역사가가 그런 일을 하는 사람인데, 조선시대에는 실록을 쓰는 사관이 그런 사람이다.

국어사전에 '역사를 편수하는 관리'라고 기록되어 있는 '사관史官'은 나라에서 일어나는 모든 일을 기록하는 관리였다. 사관에 대한 글이 이수광의 『지봉유설芝峰類說』에 다음과 같이 실려 있다.

"옛글에 '재상宰相은 사람을 수십 년 치켜올릴 수도 있고, 아래로 떨어뜨리기도 하지만, 사관은 사람을 천백 년 뒤에까지도 내세울 수 있고, 아주 침몰시킬 수도 있다. 이것은 사관과 재상이 사람의 죽은 뒤와 살아 있는 동안에 대한 권한을 나누어 가진 것이다.' 하였다. 이 설說은 타당하다."

사관은 반드시 추천으로 제수除授하였고, 그것을 비천秘薦이라고 하였다. 옛날 신라 때에 사관을 비천할 때에는 향을 피우고 하늘에 고유告由했다. 맹세하는 끝에는 다음과 같이 고했다. "적당하지 않은 사람을 천거한다면 하늘이 그를 죽일 것입니다." 그렇게 고한 것은 그만큼 사관의 일을 엄중히 여겼기 때문이다.

어쩌면 평론가나 작가들이 우리 시대의 사관이다. 그러나 세상의 잘못을 바로잡겠다고 설치던 사람들이 일부 사건에는 쥐 죽은 듯 숨소리조차 내지 않고 가만히 있다. 작은 이익을 위해 고개를 숙이고, 아부하고, 그렇게 살지 않는 사람들을 힐난한다. 이런저런 삶을 들여다보면 살아가는 것이 천 길 가파른 벼랑 사이에서 외줄을 타는 것과 같다.

하지만 어떡하겠는가. 이생에서의 삶이 얼마나 남았는지 아무도 모르지만 떳떳하게, 공동선과 공동의 이익을 위해 살다가 가는 것이 바람직하지 않을까?

세상에서 가장 아름다운 우정

살면서 가장 빛나는 순간이 있고, 가장 중요한 일과 직면할 때도 있다. 헤르만 헤세가 그런 시간을 맞았던 때가 1930년대 초였다. 사랑하는 여인인 니논 돌빈과 헤세가 취리히를 방문했다. 그의 친구인 한스 보드머 내외가 초청했기 때문이었다. 열네 살의 니논이 헤세의 소설 『페터 카멘친트』를 읽고 헤세에게 편지를 쓰며 인연이 시작되었다. 그때 헤세의 나이 31세였다. 18살의 나이 차가 있었지만 그렇게 시작되었던 인연이 우여곡절 끝에 훗날 사랑의 결실을 맺은 것이다.

보드머 부부는 헤세가 경제적으로 어려울 때마다 여러 번에 걸쳐 지원을 아끼지 않았던 사람이다. 보드머 부부는 '원형原形의 집'이라는 이름의 아름답고 오래된 집에 살고 있었다. 그러던 어느 날이었다. 함께 모여 앉아 포도주를 마시면서 담소를 나누던 중 니논이 아름다운 정원이 있는 안락한 집을 갖고 싶을 때가 있다고 말했다. 그 말을 들은 한스 보드머가 소리쳤다.

"당신들 집 한 채 있어야겠군!"

헤세는 농담인 줄 알았지만 보드머는 진지하게 꺼낸 말이었다. 그는 부자였고, 취리히에 있는 제지 공장 이사였으며, 귀중한 베토벤의 소장품들을 갖춘 박물관의 소유주였다. 헤세에게 그 정도의 선물은 할 수 있는 재력을 지니고 있었다. 헤세는 오랜 소망이 이루어지려는 찰나 머뭇거렸다. 집을 증여받으면서 상대적으로 독립된 생활과 자유로운 삶을 포기해야 하는 것은 아닌가? 집주인이 되면 해야만 하는 일들로 부담스럽지 않을까? 하는 생각이 들었다.

보드머가 절충안을 제시했다. 집의 소유주는 보드머가 되고, 헤세와 니논은 그들의 원하는 기간 동안 평생 그 집에서 살 수 있다. 그리고 헤세의 죽음과 더불어 소유권은 보드머에게 다시 귀속된다는 내용이었다.

집을 어디에 지을 것인가, 집의 모양은 어떻게 지을 것인가는 니논에게 맡겨졌다. 집터는 몬타뇰라 외곽에 위치했고, 1만 1천 제곱미터에 달하는 방풍이 잘 되는 곳이었다. 남쪽으로 급경사를 이루고 있는 부지에서 시선을 돌리면 루가노 호수를 바라볼 수 있는 경관이 빼어난 곳이었다.

집은 전적으로 헤세의 욕구에 맞춰 서로 연결해주는 문이 있는 집 두 채로 이루어졌다. 작은 채는 헤세가 전혀 방해받지 않고 생활하고 일할 수 있는 헤세의 영토였고, 또 하나는 니논의 방, 손님 방과 일하는 사람들의 방, 그 밖에 살림을 위한 방이었다.

그렇게 헤세에게 집과 함께 모든 것을 제공해주었던 한스 보드머는 헤세보다 일찍 1950년대 말 세상을 떠났고, 사람들이 그가 살고 있는 곳에 계속 집을 지었다. 그래서 헤세는 아름다운 정적과 품위를 보존하기 위해 엠마 보드머와 숲의 일부분을 추가로 매입하는 것을 상의하고 그녀를 '언덕의 안주인'이라고 불렀다,

그의 소설 제목처럼 '황야의 이리'인 헤세가 안정을 찾고 열정적으로 글을 쓰며 살 곳을 제공해준 사람이 그의 친구 보드머였다. 헤세는 좋은 친구를 만나 마음껏 글을 써서 노벨상을 받을 수 있었으며, 헤세의 문학이 세상을 풍요롭게 해주는 원동력이 되었다.

유구하고 아름다운 이야기가 우리 역사에도 있었다. 『대동여지도』를 만든 김정호에게 병조판서와 공조판서를 역임했던 신현中絢과 실학자 최한기崔漢綺 등이 수많은 자료와 재정을 지원해줘서 역사에 길이길이 빛나는 지도를 만들었다. 하지만 오늘날에는 '돈에는 더 많은 돈 외에는 친구가 없다'라는 러시아 속담처럼 더 많은 돈을 벌려고 혈안이 되어 있는 시대다. 돈과 권

력이 최상의 기쁨이자 행복이라 여기고 자손 대대로 물려주기 위해 강남과 서울에 집과 건물을 사는 것이 지상의 목표가 된 것이다.

사람은 잠시 살다가 간다. 갈 때 '지상의 방 한 칸', 단돈 10원짜리 하나 못 가지고 가는 것이 우주의 이치다. 그런데도 헛된 꿈을 꾸는 인간이 너무도 많다. 이런 불가항력의 시대에 재력과 권력이 있는 사람들이 꿈과 창조력이 풍부한 예술가들이나 창의적인 사람들에게 도움을 주어 세상을 이롭게 만들기를 꿈꾸는 것은 무용한 일일까.

그런 기대가 가끔은 헛된 것임을 잘 알면서도 꿈을 꾼다. 여러 제약 때문에 꿈을 제대로 펼치지 못한 예술가들이 인류 발전에 크게 이바지할 수 있으리라는 신념과 확신이 있기 때문이다.

헤세의 친구 보드머, 그가 헤세에게 집을 지어주고 후원하지 않았더라면 그저 돈이 많았던 사람으로 생을 마감할 수 있었다. 그러나 그의 업적이 또 다른 이름으로 남아 후세에게 많은 교훈과 시사점을 던져주고 있다. 저마다 자신만의 자산이 있다. 그 자산을 어떻게 사용하고 살다 가느냐 그것이 문제다.

그대에게 평화를 가져다줄 수 있는 것은 무엇인가?

사랑에도 여러 가지가 있다. 자식을 향한 사랑, 연인 간의 사랑, 그리고 자연에 대한 사랑. 그런 모든 사랑 중에서 가장 강렬한 것이 연인 간의 사랑일 것이다. 유효 기간이 얼마나 되는지는 사람마다 편차가 있지만 어떤 경우엔 평생을 가는 사랑도 있고, 금세 안개가 걷히듯 사라지는 사랑도 있다. 그래서 연인 간의 사랑보다 더 진한 것은 혈육에 대한 사랑, 특히 자식에 대한 사랑이리라.

학부모를 대상으로 강연을 하며 얘기를 듣다 보면 본인 일에는 수동적이면서 자식의 일에는 능동적으로 대처하는 경우를 많이 본다. 내가 못 이룬 것을 자식이 실현하기를 바라는 열망의 발로이기도 하고, 자식만큼은 남부럽지 않게 행복하게 살기를 원하는 지극한 마음이기도 하다. 그러다 보니 자식을 위해서 요람에서 무덤까지 완벽하게 해주고자 무리수를 두는 경우가 많다. 대부분 자식을 강하게 키우기보다 금방이라도 미세한 바람에 날아갈 것처럼 키운다. 자식에 대한 그런 맹목적인 사랑이 과연 진정한 사랑일까? 나는 아니라고 본다. 사르트르는 『실존주의란 무엇인가』에서 실존을 다음과 같이 정의한다. 아버지가 어린 아들과 같이 있다가 어려운 일에 봉착한다. "아버지 이 일을 어떻게 할까요?" "그것은 네가 알아서 할 일이다." 결국 스스로 헤쳐나갈 수밖에 없는 그것이 바로 실존이다.

자식보다 연인보다 자신을 더 사랑하는 것. 내가 나를 사랑해야 다른 무엇을 사랑할 수 있으며, 진정한 사랑이 움터오고 꽃이 핀다. 나를 잘 지키고, 나를 기쁘게 하는 것. 그것이 바로 진정한 사랑이고, 그때야 진정한 사랑이 찾아온다.

"나 자신이 온전할 때 세상이 온전하다."

나의 지론이다. 하지만, 자식 문제에는 한없이 약해지고, 자꾸 타협하는 것은 세상의 모든 부모의 공통적인 문제이다. 그러나 계속해서 물어야 한다. 어떻게 살아야 내 삶을 온전히 잘 사는 것일까.

누구나 나름대로 완장을 차고 있다

전주방송 JTV 〈신정일의 천년의 길〉에서 기획한 여름 특집 방송 〈한 권의 책과 만나는 여름 풍경〉의 네 번째 책이 소설가 윤흥길의 『완장腕章』이었다. 연극배우 안세형씨와 김제 수변공원과 지평선 시네마에서 그 책을 주제로 삶을 이야기했다. 촬영을 마무리하면서 안세형씨가 내게 물었다.

"선생님은 사는 동안 어떤 완장을 찼었습니까?"

나는 다음과 같이 대답했다.

"한 번도 직장을 다녀본 적이 없으므로 월급을 받지 않았고, 그래서 누군가에게 지시를 받거나 출근을 할 데가 없으니, 내가 좋아하는 일만 했습니다. 그래서 좋아하는 우리나라 산천을 마음 놓고 떠돌 수 있었죠. 그것이 나의 완장이라면 완장입니다."

지금도 차고 있고 죽는 날까지 차고 싶은 완장은 단 하나다.

"약보藥補보다 식보食補가 낫고, 식보보다 행보行步가 낫다."라는 『동의보감』의 저자 허준의 말과 같이 길을 걸을 수 있다는 것이 내 인생의 행운이자 보약이라고 여겼다. 걸을 수 있을 때까지 걷다가 길에서 생을 마감하는 것, 자유로움이 내 완장이다.

예나 지금이나 권력과 속된 명예의 완장은 사람을 변하게 한다. 신기하다. 그렇게 겸손하던 사람도 빨간 완장을 차는 순간 백팔십도 변한다. 중국의 소설가 린위탕의 『생활의 발견』에서 스님이 제자에게 세속적인 번뇌의 두 개의 근원에 대해 다음과 같이 설명했다.

"명예욕을 버리는 것은 돈 욕심을 버리기보다 더 어렵다. 은퇴한 학자나 스님들도 동료들 사이에서 두각을 나타내어 이름을 내려고 하는 법이다. 그들은 많은 청중이 있는 공석公席에서 설교하기를 원하며, 너와 나처럼 스승과 제자 하나밖에 없는 조그마한 절간에서 숨어 살기를 원치 않는다."

이 말을 들은 제자는 다음과 같이 답했다.

"옳은 말씀입니다. 스님이야말로 명예욕을 이긴 유일한 분이십니다."

제자의 말을 들은 스님은 빙그레 웃었다.

어디 은퇴한 학자나 스님뿐인가? 높은 직책에 올랐던 사람들도 다음 선거에 나오기 위해 준비하고, 조그만 권력만 가지고도 마치 세상을 쥐락펴락할 듯이 설치는 것이 다반사다. 더 많은 돈을 가져서 권력을 넓히겠다고 돈을 숨기다가 망신을 사는 경우가 많고 자기 목숨을 초개같이 버리는 경우도 있다. 그들은 정녕 "부富는 재산이 아니라 만족하는 마음일세."라고 말한 마호메트의 말을 들어보지도 못했단 말인가?

그런데 가끔씩 제대로 된 완장 하나 차보지 못하고서 이 삶이 만족스럽다고 너스레 떨며 보낸 생이 쑥스럽기도 하다. 하지만 새의 깃털처럼 마음이 가볍기도 하다. 이래도 한평생이고, 저래도 한평생 아니겠는가?

> 생을 존중하는 사람은 비록 부귀해도 살기 위해 몸을 상하는 일이 없고, 비록 빈천해도 사사로운 이익을 위해 몸에 누를 끼치는 일이 없다. 그런데 요즘 세상 사람들은 고관대작高官大爵에 오르면 지위를 잃을까 걱정하고, 이권을 보면 경솔히 날뛰어 몸을 망치고 있다. 이것이 큰 병이다.

장자의 『장자』 『잡편』 제29편 도척에 실린 글이다. 어떻게 오른 자린데 그 직을 놓고 내려오겠는가? 가끔씩 자신을 잃어버리거나 본심조차 오만과 교만으로 뭉쳐 살아가는 사람들을 볼 때가 더러 있다. 그런 사람들이 감당하기 어려운 완장을 차는 순간, 자신을 잃어버리고 살게 되며 나중에는 회복이 불가능한 지경에 이르는 것이다. 당신은 어떤 완장을 차고서 사람들 앞에 나서겠는가. 당신이 채우고자 하는 욕심은 무엇이고 비우고자 하는 것은 어떤 것인가?

이 땅에서의 나의 자존심은 무엇인가?

내가 자신 있게 말할 수 있는 몇 가지가 있다. 아무리 잘 지은 좋은 집을 보더라도 소유하고픈 마음이 없고, 어떻게 저 집을 관리하고 살까 하는 걱정이 앞서는 것. 어떤 산해진미라도 탐이 나지 않고 아무렇지 않게 바라볼 수 있는 것. 어떤 좋은 옷이나 장신구라도 부럽지 않은 것. 아무리 높은 직책을 가진 사람이나 부자일지라도 주눅이 들거나 부럽지 않은 것. 내가 운전을 못 하니까 값이 비싼 차나 저렴한 차나 다 같은 차라고 생각하는 것이다.

이렇게 살다 보니 일말의 불안은 남지만, 자유롭기는 하다. 그러나 내게도 몇 가지 욕심은 있다. 내 자존심을 지키고 사는 것. 그것이 내가 이 땅에 사는 인간으로서 최소한의 자존심이다. 나는 내 마음속의 길을 오랫동안 걸었고, 그 길에서 수많은 사람과 사물, 역사와 문화의 흔적들을 만났다. 나는 길에 서서 나 자신은 누구인가 시시때때로 물었고, 내가 지켜야 할 이치와 도덕들을 끊임없이 주입했다.

그렇다면 도덕에는 어떤 도덕이 있는가? 소크라테스가 메논에게 물었다.

"도덕은 무엇인가?"

그러자 메논은 다음과 같이 대답했다.

"도덕에는 남자의 도덕, 여자의 도덕, 관리의 도덕, 어린아이의 도덕, 늙은이의 도덕이 있습니다."

메논의 말을 들은 소크라테스가 소리쳤다.

"이거 참 잘 됐군, 우리는 하나의 도덕을 찾았더니, 여기 도덕이 떼거리로 나오는군!"

어디 그뿐인가? 정치인의 도덕, 종교인의 도덕도 있는데 제대로 지키고 사는 것이 어려운 것이 이 세상이다. "온전히 아름다운 땅이란 없다."라는 풍수의 명제처럼 누구나 다 도덕적으로 완벽하지 않다.

내게도 많은 모자람과 무지, 어떤 때는 황당함을 발견하고 씁쓰레한 미소를 짓기도 한다. 그러면서 오늘보다는 내일이, 내일보다는 모레가 더 나아지기를 갈망하곤 했다. 그 또한 이룰 수 없는 꿈일 수도 있지만, 그것 역시 내가 이 생에서 중단 없이 추구해야 할 사명일지도 모른다. 자유와 자존, 사명과 숙명 사이에서 외롭고 쓸쓸히 걸어가야 할 길, 그 길이 나의 길이다.

이래도 저래도 가는 세월

"이 세상은 잡초만 무성하게 자란 정원, 더럽고 흉물스런 것들만이 우글대고 있다."

셰익스피어의 『햄릿』에 실린 말이다. 나더러 사람들이 세상을 너무 삐딱하게 본다고 말하는데, 셰익스피어의 글을 읽다 보면 나보다 몇 배나 더 삐딱하게 세상을 본 사람이라는 것을 알 수 있다. 셰익스피어는 이기적인 자본주의가 만개한 오늘의 시대를 가감 없이 드러냈다. 달리 본다면 세상을 사랑하기 때문에 세상의 부정적인 것을 말로든 글로든 표현하는 것 같다. 그렇지 않다면 그저 소 닭 보듯 세상을 바라보고만 있을 것이다.

눈에 보이던 땅이 눈에 보이지 않는 숫자로 변한 이 시대에, 무지몽매해 보이는 민중을 속이는 것은 식은 죽 먹기이다. 어디 그것이 땅뿐이겠는가? 뻔히 그것들을 바라보면서도 울며

겨자 먹듯 보고만 있는 이 시대에도 해는 뜨고 지며 세월이 흘러간다.

잘도 흘러간다. '얼쑤' 하고 추임새를 넣는 목소리가 서서히 잦아드는 시간에도 무심히 흘러가는 세월. 그 누구도 정지된 시간을 살지 않는다. 마음의 평정을 누리는 시간은 손꼽을 만큼 부족하다. 그래서 모든 사람이 그런 날을 끊임없이 기다린다. 플라톤은 『향연』에서 이렇게 속삭인다. "인간들 사이에는 평화를, 바다에는 바람 없는 잔잔함을, 바람들의 안식을, 또 근심 속에 잠을." 세월의 끝자락에서 우리는 어떤 자세로 세상과 작별할 것인가 숙고해야 한다.

인생을 가장 아름답고 재미있게 사는 유일한 방법

어제 강경읍 일대를 거닐며 전라도 사투리에 흠뻑 젖어 보냈다. 강경이 전라도 익산 근처인지라 말이 뒤섞여서 비슷비슷하기 때문이다. '아까막새'는 기와집의 막새가 아니고 지나간 과거 '아까'를 말하는 전라도 사투리이며, '시방'은 '현재와 지금'이라는 뜻이고, '이따가'는 '미래'를 말할 때 자주 쓰는 사투리다.

나이가 들수록 추억을 먹고 산다는데, 나 역시 그런 것 같아 씁쓸할 때가 있다. 시방 행복해야 하고, 시방 즐거워야 하는데, 갈수록 과거에 연연하고, 올지 안 올지도 모르는 이따가 때문에 지금을 살지 못한다. 다가올 이따가가 나를 구속하고 있어서 가고 싶은 여행도 못 가고, 보고 싶은 사람도 만나지 못한다.

선비로 태어나서 덩굴에 달린 박이나 외처럼 한 곳에만 매어 사는 것은 운명이다. 천하를 두루 구경하여 견문을 넓히지 못할 바에는 자기 고장 산천이라도 두루 탐방해야 하겠지만, 사람의 일이란 매사가 어긋나기를 잘해서 항상 뜻을 두고도 이루지 못하는 경우가 십중팔구는 된다.

조선 중기의 학자 김일손金馹孫의 「두류기행록頭流紀行錄」의 서두에 실린 글이다. 그런데 나는 운이 좋아서 그랬는지 여행이 일이고, 여행이 놀이인 삶을 살았다. 불행인지 행복인지 모르겠다. 어느 때부턴가 여행을 떠나는 순간, 격식을 하나도 따지지 않는 일종의 자유주의자로 살았다. 그렇게 여행을 다니다 보니, 그곳이 어느 곳이든, 누구와 함께 가든 긴장할 필요가 없다. 더더구나 '아무렇게나 먹고, 아무렇게나 자고, 바라보는 모든 것에 경탄하자'라는 철칙을 가지고 다니니 웬만하면 그냥 지나가지 못할 것이 없다.

하지만 그렇게 사는 것이 어찌 쉬운가? 몇십 년의 세월이 흐르고 흐른 후에야 이만큼이라도 되었다. 여행하듯 산다는 것이 얼마나 어려운 일인가를 새삼 깨닫는다. 좀 더 마음 내려놓고, 휘적휘적 이 세상을 떠돌다가 돌아가리라 마음먹는다.

부단히 떠나고 또 떠나자. 그리고 지금, 시방을 잘 살자. 올지 안 올지 모르는 이따가를 기다리지 말고, 떠나고 또 떠나자.

끝내는 말

나의 스승 컴퓨터에게 고마움을 전하며

살아가면서 수많은 사람을 만난다. 부모, 형제와 이웃, 친구 등 정말 다양하다. 그 중 스승과 제자로 맺어지는 인연도 있다. 어느 한 시절에 좋은 스승을 만나 서로 배우고, 배움을 공유하는 것, 얼마나 대단한 인연인가. 그리고 배움의 감동을 오래도록 간직하고 살아가면서 또 다른 업적을 이루어 낸다는 것, 얼마나 아름다운 일인가. 법구경에 나오는 "나 외에는 모두 스승이다."라는 말처럼 삼라만상 세상에 스승이 아닌 것이 없다.

내가 컴퓨터 키보드를 치기 시작한 것은 다른 사람들에 비하면 늦어도 한참 늦은 2002년 10월이었다. 어떤 기계든 바라보기만 해도 오금이 저리는 어린 시절의 습관이 몸에 밴 탓에 전구 하나 갈아 끼우는 것을 배운 것도 불과 몇 년 전이었고, 1991년에 서너 차례 떨어진 다음에 취득한 운전면허도 지금껏 장롱면허로 묵혀두었다. 이제는 늦게야 배운 키보드를 두드리며 컴퓨터가 또 다른 나의 스승이자 친구라는 것을 안다. 컴퓨터에 들어가는 순간 페북이며, 카톡이며, 또 다른 상상조차 할 수 없었던 진기한 것들이 '나'를 위하여 아니 '세상'을 위하여 기다리고 있다. 그것을 보고 느낄 때마다 나는 '신기하다. 신기해!'를 몇 번이고 외칠 때가 있다. 순간순간 떠오르는 생각들을 주저하지 않고 두드리다 보면 한 권의 책이 완성되어 제 나름대로 세상을 향해 나간다. 그것이 바로 내가 스승이라고 말하는 컴퓨터의 힘이다.

문득문득 떠올랐던 단상들을 한 권의 책으로 펴내며, 부족한 글을 읽어주신 모든 페이스북 친구분들께 감사의 마음을 전한다. "온전히 아름다운 땅이란 없다."를 바꿔 말하면 온전히 완벽한 글이란 없다. 단지 쓰고 또 쓸 뿐이다.

온전한 땅 전주에서

신정일 드림

도보여행가 신정일이 길에서 배운 삶의 자세

길을 걷다 문득 떠오른 것들

초판 1쇄 2020년 12월 16일

지은이 신정일

발행인 유철상
편집 정예슬, 이정은, 박다정, 정유진
디자인 최윤정, 주인지, 조연경
마케팅 조종삼, 윤소담

펴낸곳 상상출판
출판등록 2009년 9월 22일(제305-2010-02호)
주소 서울특별시 동대문구 왕산로28길 39, 1층(용두동, 상상출판 빌딩)
전화 02-963-9891
팩스 02-963-9892
전자우편 sangsang9892@gmail.com
홈페이지 www.esangsang.co.kr
블로그 blog.naver.com/sangsang_pub
인쇄 다라니
종이 ㈜월드페이퍼

ISBN 979-11-90938-11-2 (03810)

※ 이 도서의 국립중앙도서관 출판예정도서목록(CIP)은 서지정보유통지원시스템 홈페이지
(http://seoji.nl.go.kr)와 국가자료공동목록시스템(http://www.nl.go.kr/kolisnet)에서
이용하실 수 있습니다. (CIP제어번호 : CIP2020033904)